記憶にない恋

JN211851

Ian
Hatomura
鳩村衣杏

CHOCOLAT
BUNKO

ILLUSTRATION 八千代ハル

CONTENTS

本作の内容はすべてフィクションです。
実在の人物、事件、団体などにはいっさい関係がありません。

プロローグ

「お待たせしました」

土方収平《ひじかたしゅうへい》が三杯目のコーヒーを頼もうかどうしようかと迷っていると、スーツ姿のほっそりとした青年が汗をかきながらテーブルのそばへやってきて、申し訳なさそうに何度も頭を下げた。

場所は地方都市の片隅《かたすみ》にある、寂《さび》れた小さな喫茶店《きっさてん》だった。外観は古ぼけており、外の看板にしろ、壁に貼られたポスターにしろ、全体的に前時代の……という印象は否《いな》めない。中は掃除が行き届いているが、ソファの生地《きじ》は日に焼け、カウンターテーブルはあちこち傷が目立つ。家族経営で、地元民以外は使わないような店だ。

そもそも観光地ではないので地元民以外が来ることもなさそうだし、この古めかしさでは若い世代もデートには利用しないだろう。今回のように、待ち合わせの指定でもなければ酒落《しゃれ》っ気《け》の少ない収平でも入らない。

もっとも仕事ならば別だ。興信所《こうしんじょ》で働く収平にとって、純喫茶もカフェも喫茶店もありがたい存在だった。長時間、調査対象者を尾行するには欠かせない相棒《あいぼう》だ。

しかも驚いたことに、店の古めかしさからは想像できないほど、コーヒーは本格派で美《う》味《ま》かった。これまで数多くの店でコーヒーを注文してきたが、その中でも上位に入る。

「すみません、出る間際に電話が入ってしまって……」

ハンカチで額の汗を必死で拭う青年の名は、大野久仁緒《おおのくにお》。役所でちらっと顔を合わせたときはグレーの作業着を着ていた。大きくて丸い茶色の瞳は、愛くるしい猫のようだ。生《き》真面目《まじめ》な態度の中にも人懐《ひとなつ》こい印象を受ける。実際、地域でも信頼を得ており、お年寄りからは可愛がられていることがわかっている。

調査する以前から、収平にはわかっていた。そして実際に自らの手で調査し、その結果に満足している。

「いえ、構いませんよ。おかげで美味《おい》しいコーヒーにありつけました」

収平は微笑《ほほえ》み、青年におしぼりとメニューを運んできたマスターに三杯目を注文した。

青年はアイスコーヒーを頼む。季節は秋に差し掛かっていたが、急いで来たなら汗もかくし、冷たいものが飲みたくもなるだろう。

「バスか……車で来たんですか?」

この店は、久仁緒が働く町役場からかなり離れている。もちろん鉄道も走っているが、駅からも遠い。ここで会いたいと指示された収平は、タクシーで来た。

「はい、車です。この辺は車を持ってないと何もできません。東京はそうでもないって聞きますけど」

「そうですね、鉄道が縦横無尽《じゅうおうむじん》に走っているので。それに狭いところに建物が密集しているから、駐車場所に困るんです」

「想像つかないなあ……」

「東京に来られたことは？」

「ありません。あ、修学旅行で行ったか」

忘れてた、と久仁緒は恥ずかしそうに笑う。

「……運転、得意でしょう？」

収平の問いに、久仁緒は「はい、そう言われます」とうなずく。それから、不思議そうな顔になった。

「どうして、それを？　超能力ですか？」

「そんなものはありませんよ。顔を見るとわかるんです」

収平は微笑んだ。

「それって超能力でしょう？　それとも、調査のプロだから？」

「まあ、そういうことにしておきましょう」

水を飲み、何度目かの「すみません」の後、久仁緒は言った。

「こっちまで来ていただいちゃって……役場のそばにも喫茶店はあるんですけど、僕は顔を知られてるんで……」

「地元以外の人間と話し込んでいるところを見られると、妙《みょう》な噂《うわさ》になるんでしょう？」

目立つことそのものが問題になる……住民の数が限られ、誰もが顔見知りの土地ではありがちだ。特に本人が公務員ともなれば、なおさらだ。何もしていなくても、言動は注視される。

収平が見せた理解に、久仁緒は安堵《あんど》の表情を浮かべた。

「はい、そうなんです。僕は特に……ここの出身ではないので、居辛くなるようなことは避《さ》けたいんです」

収平はうなずく。

彼のことはすべて知っている。何もかも……調べる前から、素性《すじょう》は知っていた。どこで生まれ、何をしてきたかも。

ただ、今の彼については、調べるのに手間取った。

「大丈夫ですよ、こういう仕事にはつきものですし……こちらも迷惑をかけるために、わざわざ来たわけじゃありませんから」

「調査会社って……つまり探偵さんってことですよね」

数時間前、収平が渡した名刺をスーツのポケットから取り出し、テーブルに置いて言った。㈱中原《なかはら》リサーチという社名の脇には「浮気調査・素行《そこう》調査・失踪人捜《しっそうにんさが》し・ストーカー対策」と調査内容が並べられている。

「まあ、そうですね。でも、ミステリーの謎解きをする探偵ではなく、トラブル解決、よろず請負業《うけおいぎょう》みたいなものですよ。今、急激に増えているのはストーカー対策ですね。盗《とう》聴《ちょう》器《き》や盗撮《とうさつ》グッズを見つけたり……」

「うわ……怖いですね！」

久仁緒は鳥肌がたったのか、自分の二の腕を両手で擦《こす》った。

「弁護士と一緒に相手に注意したりしますよ。場合によっては警察に通報もします」

「へえ……ああ、だから見た感じがこう……」

「いかつい？　男臭い？」

収平はニヤッと笑った。

調査員に必須な才能は「目立たない」ことだ。その点では、収平の百八十センチを優に超える長身はマイナスポイントだ。

しかし、依頼人と調査対象の感情がこじれ、修羅場《しゅらば》になることも少なくない。ストーカーと相対することも増えてきた。そんなときはこのいかつい外見と「獣《けもの》みたい」と揶揄《やゆ》される目つき、体力維持のために鍛《きた》えている筋肉が役に立つ。

「いえ、そうじゃなくて……男気があるっていうか、頼りになりそうだなって」

「今の世の流行《はや》りは、あなたのようにスマートなイケメンですよ。私は暴力団にスカウトされたこともありますから」

「えっ!」と叫んだ後、久仁緒は妙に納得した顔になった。収平が苦笑すると、久仁緒は慌《あわ》てて頭を下げた。

「ごめんなさい! いや、あの……羨《うらや》ましいです、僕なんかひ弱だから……」

そう言ってひらひらと振る久仁緒の左手の甲《こう》には、十文字のような大きな痣あざがある。じっと見つめていると、久仁緒は痣を隠すように右手を重ねた。

「あ、ごめんなさい、気持ち悪いですか?」

「ああ、申し訳ない。つい……」

「大丈夫です。慣れてるんで。生まれつきらしいんですけど、わざと描いたみたいでしょう? 嫌がる人もいるんですよ。小さい子とか。十字架みたいでカッコいい!って触りたがる人もいるんですけど、どうしていいやら……僕、無宗教だし……」

久仁緒は苦笑する。その笑顔も愛らしい。言葉が多くなるのは、場の空気を悪くしないように……という精一杯《せいいっぱい》の気遣いだ。

「見ていたのは気持ちが悪いからでも、キリスト教徒だからでもありません。実はそれが、あなたを見つける手がかりだったからです……」

冷静に話を進めるつもりだったが、最後のあたりで声がかすかに震えてしまった。もっ

とも、久仁緒は手がかりのほうに気を取られ、わからなかったようだ。

「これが?」

「ええ。その十字を手がかりに……との依頼で」

「あの、それで……僕を捜している方、というのは……?」

久仁緒は収平を不安げに見つめる。

東京から西へ数百キロ。過疎化《かそか》の進んだこの土地へはるばる収平が足を運んだのは、二年間、行方《ゆくえ》を捜し求めた青年——久仁緒を見つけたからに他ならない。それも年齢、外見、わずかな身体的特徴だけを頼りに捜してきたのだ。

そしてようやく久仁緒を発見した喜びもつかの間、収平は困惑《こんわく》した。

見つかったら、何をどう説明するか……イメージトレーニングと手順をさんざん考えたが、いざ見つかってみると、何をどう説明しても信頼してもらえない気がした。なぜなら、今回の失踪人捜索は滅多にないケースだからだ。

通常の失踪人捜索は、対象者を発見したところで任務は完了する。その後、依頼人と対象者がどうするか、には関知しない。だが、今回は違う。対象者を発見したところからすべてが始まるのだ。

そもそも、捜索を収平に依頼した人物は、すでにこの世にはいない。いや、正確には存在するが、彼は久仁緒に会うことはできない。

「あの……親ですか？」

久仁緒のまなざしが、不安から期待と緊張の入り混じったものに変わる。

久仁緒は二十七年前、ここからさらに西の山あいにある村の寺の境内《けいだい》に置き去りにされたらしい。警察と役場が中心となって身寄りや素性を調べたが、情報は皆無に等しく、誰も捜しに現れなかったことから、施設に引き取られた。高校を出てからもそこで暮らしていたが、村がダムの底に沈むことになって、転居《てんきょ》。今の役場に仕事を得た――というのが半生だった。

「まず、これを見てもらえますか？」

収平はスマートホンの画面を久仁緒のほうへ向けた。

「え……これ……ええっ？」

久仁緒は思わず、スマートホンを奪い取る。そしてそこに映っている写真を食い入るように見つめ、言葉を失った。驚愕《きょうがく》の表情で口を開けているが、感情が言葉にならない様子だ。

「だ……誰ですか？」

久仁緒が驚くのも無理はない。そこに映っているのは、久仁緒そっくりの青年なのだから。

「僕、双子……だったんですか？」

そう思うのは当然だろう。服装や髪形からして、写真は比較的最近のものだと想像がつく。父親だとは考えにくい。

「ええ」

収平はうなずいた。

小さな叫びと同時に、久仁緒はスマートホンを持ったまま立ち上がった。イスの音のせいで叫びは他の客には届かなかったろうが、収平には聞こえた。

「あの……じゃ、この人が……兄弟が、捜してくれたんですか？」

「はい。これからお話ししますので……どうか、座ってください」

これから話す内容は、腰を下ろして聞いたほうがいい。立ったままでは、衝撃《しょうげき》で倒れたときに怪我《けが》を負う危険がある。

収平が中原リサーチに入社したとき、先輩から最初に教えられたのがこれだった。探偵業のノウハウではない。依頼人の身の安全を確保することだ。依頼人の秘密を保持する、公序良俗《こうじょりょうぞく》に違反するような違法調査は行わない、着手《ちゃくしゅ》の前から完璧な調査結果を強調しない……こんなことは当たり前なのだ。

依頼人は悩みを抱えて訪れる。家族に相談できない内容も多い。そして事実が明確になったとき、予想はしていても、心がついていかないという人が大半だ。納得には時間がかかる。

調査結果を知った後、その場で泣き崩れたり、意識を失ったり、パニックを起こしたりする依頼人を収平は大勢見てきた。重苦しい内容に、さらなる苦しみを重ねることは避けたい。事実は変わらないとしても、万全《ばんぜん》の態勢で見守りながら、結果を伝える義務がある――それが、中原リサーチのモットーだった。

「はい……」

久仁緒は素直に座り直す。

「一般的にはここで、ファイリングした調査結果を手渡し、中身を一緒に見ながら説明します。しかし……大野さんは依頼人ではありません」

収平はまず、そこから始めた。

「ああ、はい……そうですね」

「大野さんを見つけたことを依頼人に伝え、その先、依頼人がどうするかは調査会社の仕事ではないんです。会う手はずを整えるかもしれないし、結果だけ見て、何もしないかもしれない。ただ……事情があって、依頼人がいなくなった場合、私共が結果を調査対象の方にお伝えする――ということはあります。今は個人情報に関して厳しいですから、例外中の例外ですが……」

「いなくなった？　この人が……兄弟がいなくなったってことですか？」

ずっと握りしめたままのスマートホンを収平に見せ、久仁緒は尋《たず》ねた。

「ええ」

「ど……どういうことですか？　まさか、亡《な》くなったとか……」

収平はふっと息を吐き、腹に力を入れた。

「はい」

両親を知らず、捨てられた自分には双子の兄弟がいた。その兄弟が行方を捜し、見つけ出してくれたというのに、死んだ……あまりの展開に、久仁緒は茫然《ぼうぜん》としている。たちの悪いサプライズ、罰ゲームではないかと思いたくなるだろう。

「え、あの……」

「お気の毒ですが……」

「お……親は？　この人に家族は？」

収平はゆっくり首を横に振った。もしもそんな存在がいれば、収平ではなく、彼らがここにいたはずだ。

「い、いつ……？」

「一ヵ月ほど前です。連絡が取れなくなったので、身元引受人の方に電話を差し上げたところ……事故で。墓はないので、散骨《さんこつ》してほしいと頼まれていたそうです。あなたを捜していたことは、その方は知らなかったそうです。そこで私共は社内で検討した結果、あなたに連絡を取ったわけです――依頼人の遺志《いし》を継いで」

久仁緒は指で、スマートホンの中の青年の顔を愛《いと》おし気《げ》に撫《な》でた。笑顔が大きく引き伸ばされる。

「鏡を見てるみたい……名前は？　名前はなんていうんですか？」

「星野《ほしの》クニオさんです」

パッと顔を上げ、久仁緒は噛みつくような勢いで収平に問うた。

「クニオ？　同じ名前だったんですか？　偶然《ぐうぜん》？　それとも――」

「偶然です」

「そんな……」

久仁緒はがっくりと肩を落とした。

「顔もこんなにそっくりで、名前も同じだったのに、捜してくれたのに……会えなかったなんて……」

涙が久仁緒の瞳に盛り上がり、頬を幾筋《いくすじ》も伝っていく。そして、笑っているクニオの上に粒が落ち、輝いた。

二年前の夜、泣きながら別れを告げたクニオの顔が目の前の久仁緒に重なる。立ち上がってそばへ寄り、抱き締めたい気持ちを収平はどうにか抑え、ハンカチを差し出した。

「どうぞ」

ショックを隠し切れない久仁緒は、黙ってハンカチを受け取った。

「実のご両親のこと、なぜあなたが離れた場所にいるのか……お聞きになりたいですか？」

収平の問いに、久仁緒は大きくうなずく。

「もちろんです！」

「辛い話かもしれませんが――」

「わからないままよりいいです！」

収平は久仁緒がひとりぼっちにされたいきさつを、感情を込めず、淡々《たんたん》と説明した。

涙をこぼす久仁緒の姿を前に、すらすらと嘘を並べ立てた収平の胸に痛みが走る。だが、これは約束だった。久仁緒を見つけ出したら、こう伝えようと相談していたのだ――クニオと。

今はまだ、真実を伝えられない。時間がかかるだろう。いや、もしかしたら一生、伝えられないかもしれない。自分だけの秘密として、心に閉じ込めておかなくてはならないかもしれない。

それでもいい。この邂逅《かいこう》は、捜し求めた時間の長さ、苦しみを払い去ってくれる。

「……ありがとうございます」

真っ赤な目をハンカチで押さえる久仁緒に、収平は声をかけた。

「すぐには、受け止め切れないと思います。ゆっくりで構いませんが、いつか、クニオさんの散骨場所へ――」

「行きます」

久仁緒は即座《そくざ》に答えた。

「思い出の場所とか、暮らしていた場所もわかるなら、そこへも……行きたい……」

きっとそう言うと思っていた。わかっていた。

「よろしければ案内させてください。私には……その責任があると思っているんです」

収平の言葉に、久仁緒はまたぽろぽろと涙をこぼした。

「土方さん……ありがとうございます。ぜひ、お願いします……」

「ええ……一緒に行きましょう」

収平は強くうなずいた。

1

東京都内で調査業を営む中原リサーチの応接室は三つあるが、平日は調査相談の客で埋まっている確率が高い。

広い順に第一、二……と予約で埋めるのだが、今日も水曜の午後早い時間帯にもかかわらず、一番狭い第三応接室にも、ジャケット姿の三十代と思《おぼ》しき女性がいた。すでに匿名《とくめい》の無料メール相談窓口で、調査内容と大まかな料金のやりとりを済ませてある。

無料相談は必要だ。内容がどんなものにせよ、一般市民が調査を依頼するにはかなりの勇気と覚悟がいる。不安を取り除き、一歩を踏み出してもらうのに、匿名の話しあいは有効だった。実際に打ち合わせで顔を合わせてから、「やっぱりやめる」という客も以前は多かったが、先に調査の方法や費用などを提示できるようにしたところ、土壇場《どたんば》でのキャンセルがぐっと減ったのだ。

もちろん「自分で調査してみたい」という相談にもアドバイスをするし、危険性が高いと判断した場合は警察への相談を勧めたりもする。

そして、匿名相談で決意が固まった客と面談に入る。

依頼でもっとも多いのが不倫・浮気調査だ。他に失踪人の行方捜し、ストーカーや盗撮対策などの防犯調査、結婚相手の身辺《しんぺん》調査、企業の信用調査……と続き、最近ではいじめに関する調査なども増えてきていた。

「失礼します……福田《ふくだ》様、お待たせいたしました」

静かにドアを開け、まず金谷沙希《かなたにさき》が、続いて土方収平が部屋へ入った。沙希はダークスーツ、収平もノーネクタイのスーツだ。尾行時は場所に合わせてカジュアルな服装もするが、打ち合わせではスーツが多い。

「どうも……」

革張りのソファに腰を下ろしていた女性、福田智里《ちさと》が立ち上がる。

「当社調査員の金谷です」

「土方です」

ふたりは依頼者である智里に名刺を渡した。

「よろしくお願いします」

収平はすばやく智里を観察する。白いジャケットに水色のワンピースという爽《さわ》やかないで立ちだったが、表情は硬い。きちんとメイクを施《ほどこ》し、バッグも靴も高級ブランド品だが、ひどく疲れて見えた。

「調査の内容はメールでのご相談と変わらず、ご主人様の不倫調査……でよろしいですか？」

沙希が柔らかく落ち着いた声で、丁寧に確認した。

他社はどうか知らないが、中原リサーチでは二人一組の調査員で当たる。依頼人の年齢や依頼内容にもよるが、ほとんどの場合、男女で担当する。

浮気・不倫調査やストーカー被害など、色恋沙汰《いろこいざた》絡みの案件《あんけん》の場合、依頼人が女性ならば、女性調査員が共感と慰めでより細かな情報を引き出し、男性調査員は安心感を与える。依頼人が男性の場合、男性調査員は冷静に状況を分析し、女性調査員は男性が気づきにくい繊細なアドバイスを伝えるのだ。

収平は、四十代でベテラン主婦の顔も持つ沙希と組むことが多かった。

「はい」

智里は能面《のうめん》のように表情を崩さないまま、うなずいた。

メールでのやりとりによれば、智里は三十代半ば。結婚して十年になる夫、和彦《かずひこ》との間に子どもはいない。自然妊娠を望んできたが、できなかったという。

共働きで仲良くやってきたが、やはり子どもがほしい。年齢的にも、人工授精《じんこうじゅせい》に切り替えるならばぎりぎりだ。和彦の収入だけで十分暮らしていけるし、蓄《たくわ》えもある――と退職し、妊娠活動を始めた。それが去年のことだ。

ところが数ヵ月前、和彦の何気ない言動に違和感を覚え、スマートホンを盗み見てしまう。そこには、年若い部下との仕事とは無関係なやりとり、ふたりきりでこっそり会う約束など、妻の知らない楽し気な夫の姿が残っていた。

メールのやりとりだけなら許せたかもしれない。だが、プライベートで会うのは許せなかった。キャリアウーマンの地位を捨て、母親を目指す自分にうんざりしたの？　それなら正直に言ってくれればいいじゃない……。

他の女性との密会《みっかい》は結婚という約束への裏切りであり、妻への侮辱《ぶじょく》だ。元の職場から復帰の打診、かつての恋人との再会もあり、智里は何かの啓示《けいじ》だと思ったという。

今ならまだ、再婚も可能だ。妊娠だってできるかもしれない。慰謝料《いしゃりょう》をもぎ取り、人生を再スタートさせたい。そのためにスムーズに離婚《りこん》できる材料がほしい――それが智里の依頼理由だった。

「お願いしたものをいただけますか？」

収平に促うながされ、智里はバッグから茶封筒《ちゃぶうとう》を取り出した。

中から出てきたのは和彦の名刺、車の車種やナンバーを記したメモなどだ。収平はそれらをテーブルに広げ、口頭《こうとう》で智里に再確認をする。

「ありがとうございました。では、前もってメールでお送りいただいた情報について質問させてください。多いほうが助かりますので」

沙希はプリントしておいた用紙をテーブルに置いた。和彦の勤務形態や通勤方法、残業や出張の程度、よく寄る店などが記されている。沙希と収平は細かな質問を続け、プリントはメモで埋まっていく。

ターゲットとなる和彦の顔、身長や体格がはっきりとわかる画像はすでにメールで送ってもらってある。事務所の公式ページにある「ご用意いただくもの」を熟読したのだろう、智里は和彦の出勤時のスーツ姿、私服姿の写真なども用意していた。

「ちなみに……お相手の女性のお写真などはお持ちですか?」

智里はスマートホンを操作し、現れた画像を見せた。

「これだけです」

和彦も含めてスーツ姿の男女が十人ほど、集まって笑っている写真だった。場所はレストランのようだ。職場の同僚たちとの飲み会だろうか。

「この人です……」

四人の女性のうちのひとりを智里は指差した。

画像を転送してもらい、収平は浮気相手の顔を拡大してみた。真正面から捉えたものではない上に、多少ボケるが、顔の判別はつく。

「大丈夫ですよ、これで十分です」

「あの人、あまりスマホを手放さなくなったんです。気づいたことがバレたのかしら……

あの女に似てます、ほら、あの――」

智里が口にしたのは、最近、テレビドラマにも出演しているモデルの名だった。

「会社でも似てるって、話題になってるらしいです」

「ああ……」

「でも、こんなに若くてきれいなお嬢さんが……いまだに信じられない気持ちです……」

淡々と語る智里の姿に、夫と相手への困惑と憎しみがにじみ出ていた。

信じられないのではなく、信じたくないのだろう。だが、この手の「意外な組み合わせ」は枚挙《まいきょ》に暇《いとま》がない。既婚男性が魅力的に映るのは、実は妻の教育の成果だったりするのだが、人生経験の浅い女性にはわかりにくいものだ。男も男で、もてはやされるのは自分の実力だと勘違《かんちが》いする。

つまり、不倫の多くは双方の誤解から始まったかりそめの恋なのだ。だから、いざ離婚の危機、慰謝料請求を突き付けられると一気に冷静になり、情熱の炎が消えることも多い。

「離婚はもう確定ですか？」

さりげなく収平が尋ねた。

智里は目を伏せる。

「七割ぐらいはそっちに傾《かたむ》いてるんですけど……本音では、まだ迷っています」

智里と同じように証拠固めの調査を依頼しにきて、結果的に離婚を考え直す夫婦も少なくないが、それは依頼人の自由だ。調査員たちは依頼人が求める方向性に則《のっと》り、限られた予算と時間の中で、正確な証拠を集めるだけだ。

「焦らなくても大丈夫ですよ。結果を見てから考えましょう」

沙希が助言する。

DVなど身の危険があるとか、違法行為が見られるケース以外は、下手に離婚を煽《あお》るのはよくない。どうするか、決めるのはあくまでも依頼人だ。

頭ではわかっているが、収平はいつも不愉快《ふゆかい》になる。たった一度でも、気の迷いでも、裏切りは裏切りだ。

収平の両親も、父親の不倫が原因で別れている。だが、母親は収平と弟の生活のことを考え、不貞《ふてい》を子どもたちに隠し、二歳年下の弟が大学に入るまで結婚生活を続けた。

その後、離婚したが、子どもである自分たちを「別れない」言い訳に使われた気がして、収平の中に結婚に対する「歪《ゆが》み」が生まれた。母も犠牲者《ぎせいしゃ》なのは確かだが、「子どものため」が正しいとはいまだに思えないのだ。

とはいえ、目の前の女性は母ではない。

「これ、化粧《けしょう》でかなり作り込んでいますよ」

収平は浮気相手の写真を見ながら言った。

「え？」

「確かにあのモデルに似てますが、化粧で近づけているだけです」

「そんなこと、わかるんですか？」

智里は目を大きく開き、収平を見る。すかさず、沙希が微笑んだ。

「メイクやアプリで変えていても、本来の顔がわかる――土方の特技なんです。すっぴんですれ違っても、彼は気づきます。一度会った人間の顔も忘れません」

「え……すごい……」

誇張《こちょう》ではなく、事実だった。

「彼はうちのエースなんです」

沙希が自信たっぷりに智里に告げた。

「ですから、証拠は必ず掴《つか》みます」

と、ドアをノックする音が響《ひび》いた。

「失礼します」

コーヒーと菓子を載せたトレイを手にしているのは見習い調査員、星野クニオだ。最近働き始めたばかりなので、お茶出しや電話取り、宅配便の受け取りなどは彼の担当だった。大きくて丸い美しい目と口角《こうかく》の上がった唇の持ち主で、黙って座っているだけでも華がある。女性調査員たちに言わせると「リスみたいで可愛い」らしい。

「可愛い」というのは大人の男に用いる形容詞ではないと収平は思っている。確かに顔は整っている。だが、それなら「美形」でいいじゃないかと。

「遅いぞ」

客の手前、威圧的《いあつてき》にならないよう、声のトーンに気をつけながら収平はクニオに注意した。

「すみません」

クニオは頭を下げ、近づいてきた。収平は写真やメモをまとめてテーブルの端に寄せ、コーヒーの場所を作る。

「どうぞ」

クニオは智里の前にコーヒーカップを置いた。菓子はチョコレートやクッキーだ。依頼人の気持ちを和らげ、フル回転する脳みそに栄養を与えるためにも、ちょっとした甘いものは欠かせない。

「話の続きですが……」

収平はクニオの存在を気にせず、智里を見つめる。

「くれぐれも、ご主人に変化を悟《さと》られないように。バレたと勘づかれたら、外での密会をやめてしまうかもしれません。メールのやりとりだけでは正直、不倫の証拠としては弱いので……証拠写真、それも最低二回分は押さえたい。それでかなり、優位《ゆうい》に立てます。いきなり優しくするとか、態度を変えないように。これまでどおりに接してください」

「わかってます。でも……もうすでにかなりしんどくて……スマホを投げつけて、ぶちまけたくなるんです。知ってるのよ、バカにしないでって……」

怒りと悲しみを理性でどうにか抑え込もうとする智里に、沙希が優しく語りかける。

「辛くなってもご主人にはぶつけないで、メールや電話をください。私や土方がいなくても、他のスタッフが苦しい気持ちを受け止めますから」

「他のスタッフ」のところで沙希はクニオをちらっと見た。クニオはうなずき、はにかむように笑みを浮かべた。

こいつに務まるのか――収平は懐疑的《かいぎてき》だった。男の中にも才色兼備《さいしょくけんび》はいるが、こいつは違う。

そもそも、こんなに軟弱そうな若造《わかぞう》を雇った所長、中原の意図《いと》が収平にはまったく理解できなかった。尾行だ、地方出張だ……と事務所を空けているうちに、気がついたら働き始めていたのだ。誰の紹介で、どういういきさつでここに来たのか、中原自身もはっきり覚えていなかった。

警視庁の刑事上がりで、かつては「サソリの中原」と恐れられ、収平に調査のイロハを叩き込んだ男も七十代。クニオのことは気に入っているらしい。ジジイ、ついに毒が枯渇《こかつ》したか！と収平は思ったが、考えてみれば、クニオは孫ぐらいの年齢だ。老境《ろうきょう》に入り、小動物のような濁《にご》りのない瞳にやられたのかも……。

「私も、いつでもいます」

クニオが智里に言った。そんなふうに積極的に客に声をかけるのは初めて見たので、収平は面食らう。沙希も同じだったのか、かすかな驚きが頬に浮かんだ。

「ありがとうございます」

智里が答えると同時に、クニオが残った最後のコーヒーカップを収平の前に置く。手元が狂ったのか、ソーサーの上でカップがずれた。ガチャ!と音を立て、その拍子《ひょうし》に中の熱いコーヒーが収平の手の甲、そして周辺に飛び散った。

「あち!　あっ……!」

収平は思わず手を押さえ、立ち上がる。その拍子にテーブルの裏側で膝《ひざ》を強打してしまった。

「いっ……て!」

「あ!」

テーブルが揺れたが、沙希と智里は自分たちのカップを押さえた。収平はというと、手と膝の痛みに悶絶しながら壁にもたれる。

「ああっ……!」

驚いたのか、クニオの持つトレイが斜《なな》めになり、載っていた菓子鉢《かしばち》が滑《すべ》り落ちた。

「あっ!」

智里が咄嗟《とっさ》に菓子鉢をキャッチする。しかし、中のチョコレートやクッキーはテーブルの上に舞った。

「すみません、すみません」と言いながら、クニオは走るように部屋を出ていった。女性ふたりは菓子を拾い集める。

すぐにクニオがダスターを手に戻ってきた。幸いにも菓子は床には落ちなかったので、すべて無事に菓子鉢に戻った。その間、収平は放置されたままだった。

「あの、火傷《やけど》……冷やしたほうが……」

クニオが、テーブルをきれいに拭いたダスターを収平に差し出す。

「え……それで冷やせって？　おい、お前な……」

智里がいるにもかかわらず、収平はドスの利いた返しをしてしまった。クニオはパニックに陥《おちい》ったのか、支離滅裂《しりめつれつ》なことを言い出す。

「あ、そうですね……えっと……洗面所を持って——いや、持ってこられないから、冷やしにいったほうが——」

「冷えたおしぼりを持ってこいよ！」

収平の恫喝《どうかつ》に、場が静まり返る。

「ふ……ふ……」

智里の唇が震え、そこから声が漏《も》れ始めた。

しまった、ついクニオへの不信感も重なって、怒鳴《どな》っちまった——後悔先に立たず。

「こんなところに仕事は頼めない！」と依頼をキャンセルされるかも……。

「あ……あははは！」

突然、弾《はじ》けるような笑い声が部屋に広がった。

「何、今の流れ……コント……コントみたい……」

智里は文字どおり、腹を抱えて笑っている。つられたのか、沙希も笑い出した。

「ほんと、コント……しかも、つまんない……」

「そう、そう！」

笑いのスイッチが入ってしまったのか、ふたりは笑い続ける。収平とクニオは壁際に立ち尽くしたまま、その様をただ見守った。

「……あー、ごめんなさい……」

数分後、智里がふうっと息を吐いた。

「こんなに笑ったの、久しぶりです。ずっと苦しくて、夫のいない場所で泣いて……でも、泣くより笑うほうがすっきりするんですね。なんか、力が湧《わ》いてきました」

表情は晴れやかだった。少し前の彼女とは別人だ。キャンセルどころか、前向きになったらしい。

「お腹空いちゃいました。これ、いただいていいですか？」

チョコレートを指差した智里に、クニオはうなずく。

「ど、どうぞ！　近所の洋菓子店のものですけど、美味しいです！」

「じゃ、遠慮なく」とチョコレートを口に運ぶ智里の前で、沙希がビシッと言った。

「土方くん、突っ立ってないで。話を詰めちゃいましょう」

「……はい」

収平は狐に摘《つ》ままれたような気分で戻り、クニオをにらんだ。クニオは作り笑いを浮かべ、そそくさと出ていった。

三十分後、智里を送り出した収平と沙希がデスクのあるフロアに戻ると、クニオが飛んできた。

「お疲れさまです」

「お疲れさま」と沙希は朗《ほが》らかに返したが、収平はむっつりと黙ったまま、聞き流す。

「あの……すみませんでした」

クニオは粗相《そそう》を謝る。

「いいのよ。結果的に上手くいったんだし……緊張がほぐれて、よかったわ」

沙希は言った。思い出すと笑ってしまうのか、手で口元を覆《おお》う。近くにいた調査員たちは「何があったの？」「どうしたの？」と聞いた。収平は会話に加わらず、クニオに怒鳴る。

「とっととカップを片づけてこい」

「あっ、はい！」

クニオが応接室へ向かいかけたとき、事務所のドアから宅配便の配達員が入ってきた。

「毎度、熊猫運輸《くまねこうんゆ》でーす」

「あ、ご苦労さまです」

方向を変え、クニオは自分の席へ戻った。印鑑《いんかん》を取り、配送伝票を受け取るべく歩き出す。

「あっ」

声と共に、クニオがつんのめった。その先にいたのは収平だ。反射的にクニオの身体に両腕を差し出す。

「……っと――」

「うあ！」

叫ぶクニオを受け止めた――まではよかったが、振り回したクニオの手が収平の顔にヒットした。

「……はー、すみません……何かにつまずいて……」

一瞬後、クニオは収平の胸にしがみついたまま、言った。

「いや、何もねえよ！　カーペットに引っかかるなよ！」

「あ、あれ？」

クニオは床を見渡すが、障害物はない。

と、配達員が収平の顔を見て噴き出した。

「……なんですか？」

「あの……名前が……」

指摘《してき》を受け、クニオも収平を見つめる。そして、手にした印鑑と収平の顔を交互に見て、申し訳なさそうに微笑んだ。

「すみません……土方さんのほっぺに押印《おういん》しちゃいました」

「え……あ！　なんじゃ、こりゃ！」

出入り口の脇の壁の姿見に顔を映し、収平は叫んだ。頬に反転した「星野」という赤い文字がくっきりついているではないか。

騒ぎを聞いて集まった調査員らが爆笑した。

「ちょっと……星野印が……！」

「土方さん、カッコいいっす！」

「入《い》れ墨《ずみ》の新しい形！」

「星野の所有物になったのかあ……」

「キャハハ！」

収平はさっきよりも目を吊り上げてクニオを睨《にら》みながら、拳《こぶし》で頬をこする。

「あ、こすっちゃダメ！　広がる……」

女性調査員の指摘は間に合わなかった。収平が姿見で見ると、オレンジに近い赤がほんのりと頬に広がっていた。

「あー、チークみたい～！」

「なんか、いい色……」

「土方さん、きれい……！」

女性陣が一斉《いっせい》に騒ぎ始めた——笑いと共に。クニオはおろおろしながらも、配達員が差し出した伝票に受け取り印を押している。

収平は騒ぎを無視し、大股《おおまた》で男子トイレに入っていった。ハンドソープと水で頬についた朱肉《しゅにく》を洗い流しながら、クニオに心の中で悪態《あくたい》をつく——だから嫌いなんだよ、あの手の天然ボケ系軟弱男は。絶対に自分が可愛いこと、その可愛さで許されることを知っている。

ひと昔前まで、その手の「したたかさ」は女性の専売《せんばい》だった。なぜなら、ちやほやする側が男だったからだ。そういう「したたかさ」は個人的には嫌いじゃない。むしろ、好みですらある。

今は女性の社会進出が当たり前となり、上司や経営者にも女性が増えた。男の横暴《おうぼう》さ、身勝手さを許さず、立ち上がる女性も。だから興信所や調査会社は儲かっている。

星野

それを考えればクニオのように手懐けられて、癒《いや》しも与えてくれる可愛い男が増えるのも、自然の摂理《せつり》なんだ……多分。俺のようなマッチョな男臭さは、もう古い。

そこまで考え、収平は汚れの消えた顔を鏡に映し、手で頬を叩いた。なぜか、自己憐憫《じこれんびん》にまで意識が流れてしまった。古いタイプかもしれないが、まだ需要《じゅよう》はある。

男子トイレのドアを引くと、子リス――ではなく、クニオが立っていた。

「あ、土方さん……すみませんでした」

小動物に腹を立てるなんて大人げない。好き嫌いは別として、同じ生き物だ。

「いいよ。不可抗力だしな」

収平はクニオの横を通り過ぎ、フロアへ戻った。

「こんばんは」

その晩、仕事を終えた収平は事務所と自宅の中間にある、なじみの立ち飲みバーへ寄った。ゲイバーではないが、マスターがゲイだからか、口コミで評判が広まり、LGBTや観光客が集まる。常連客が多いが、初めての客も親しみを持って受け入れる……というより巻き込むので、ひとりで静かに飲みたい人間、出会いを求めていない人間には不向きな店だ。

「あ、収平！」

「おお、土方さん……元気っすか」

「お疲れさまです」

居並ぶ客たちが声をかけ、グラスを掲げる。

「どうも。マスター、いつもの」

「いらっしゃい。ジン・バックね」

カウンターの中にいたスキンヘッドの男が「了解」と微笑んだ。

「収さん、これ、俺の友達」

久しぶりに再会した飲み仲間が、隣に立っていた男を紹介する。シャツに伸縮性《しんしゅくせい》のあるボトムというシンプルな服装だが、サイズ感が絶妙だった。オーダーかと思うほどぴったりしていて、すらりとした身体の線が出ている。

「どうも」

短く言う横顔は鼻筋も顎《あご》も細く、髭《ひげ》やムダ毛は一本もない。色白で美しい。ひんやりと冷たいマネキンのようだ。

「この人、探偵なんだよ」

顔なじみの男がこそっとマネキンに耳打ちする。

収平はゲイ寄りのバイセクシャルだが、性別はどちらでも、クールなタイプが好きだった。関係もクールなほうがいい。バランスが偏《かたよ》り、感情に流されるのが面倒なのだ。親の離婚が影響しているのは明らかだが、これはこれでいいと思っている。

「お待たせ」

マスターが出したジン・バックを収平は持ち上げ、マネキンのほうへ差し出した。互いのグラスをぶつけ、音を鳴らす。

「よろしく」とジン・バックに口をつけるが、その間もずっと収平はマネキンの顔を見つめていた。マネキンも視線を外さない。顔なじみは何かを察したのか、場所を移動する。

「それ……なんですか?」

「飲んでみる?」

収平はグラスを差し出した。指先が触れる。

「いただきます」

マネキンは収平の飲み口に唇を当て、ジン・バックを飲んだ。少し顔をしかめる。

「甘い……でも、度数高いですね」

「まあね。アルコール強そうに見えるけど、弱いの?」

「飲まれないようにしてるだけです。酒自体は好きだし……」

長い睫《まつげ》を伏せ、切れ長の目が誘う。

「家、この辺りですか？」

「二駅先」

「徒歩だと少しありますね」

「道はわかってるから、歩くときもある。タクシーなら五分。君の家は？」

「××町。でも、今日は朝まで飲むつもりで来たから……」

「じゃ、俺の家で飲むのはどう？　ワインもウイスキーもある」

　ベッドもコンドームも。

「古い一軒家だけど、猫がいる」

「猫……」

　収平はスマートホンに保存してある、とっておきの写真を見せた。柔らかなベージュ色の毛の猫が足を揃えて座り、画面を見上げている。

「……きれいな子。名前は？」

「クリーム」

「突然のお客さまは嫌がらない？」

「主人より歓迎するよ」

　マネキンは残っていた白ワインのグラスを意味深に指で撫でた。

「会いたいかも……クリーム」

交渉成立。収平はジン・バックを一気に飲み干し、紹介してくれた顔なじみに目配せをした。

店を出たところで、スマートホンにメールが届いた。クニオからだ。収平より先に会社を出たので、仕事の連絡ではないだろう。気分が台無しになりそうだったので、読まずにスマートホンをジャケットの胸ポケットにしまった。

「読まないの？」

マネキンが上目遣いに尋ねた。

「優先順位は低いから」

収平はそう言って、マネキンの腰に腕を回した。

◆◆◆◆◆

ちょっとやりすぎたかな。もともと好感を抱かれてなかったけど、今日のあれで嫌われたことは間違いない。

ううん。あの程度で誰かを心底嫌いになるほど、根っから冷たい人じゃない。そういうフリをしているだけ。シャイだから、本心を見せるのが照れくさいだけ。

それは二度の経験で知ってる。僕への「面倒」とか「厄介《やっかい》」とかいう感情が、初対面の印象より少し増したぐらいだと思う。

それでも辛い。だけど、一度目は距離を取り過ぎて阻止《そし》できなかった。二度目は最初から親しくなって、土方さんの気持ち——生い立ちのせいで「結婚」に懐疑的になっている心に寄り添ったせいで、また失敗してしまった。

三度目——これが最後のチャンス。だから、これまでとは違う、大胆なアプローチをしないと。

まずは嫌われて、印象を残す。それから素性をバラして、協力を求める。適度な距離を保ち、謎を残しながら興味を引いて、調査員が天職だというプライドに働きかける。

どのみち、別れはやってくるんだから。

どうか、上手くいきますように。

どうか、これ以上……土方さんを好きになりませんように。

2

「土方」

翌日、収平が出勤すると「所長室」というプレートが貼られたドアから中原が顔を出し、ちょいちょいと手招きした。収平はあくびを噛み殺し、調査員たちのデスクの間を進む。

「おはようございます」

調査員全員のゴミ箱の中身をゴミ収集袋にまとめていたクニオが、ぺこっと頭を下げた。

「ああ……おはよう」

そういえば、昨夜のメールはまだ読んでいなかったなと思いつつ、収平は返す。所長の話を聞いたら読もう。

マネキンとのセックスは、期待したほどではなかった。スタイルはいいし、ベッドへ行くまでのムードもよかったが、あのクールな雰囲気はベッドの中でも同じで……つまり、反応が今ひとつだったのだ。

テクニックのせいだとは思いたくない。相性が悪かったのだろう。大人同士として「また会おう」ときれいに別れたが、二度と連絡を取り合わないことはお互いにわかっていた。

「おはようございます」

「うん、おはよう」

広々としたデスクに陣取っていた中原須賀男《すがお》は、銀髪とループタイがよく似合う好々爺《こうこうや》だ。

泣く子も黙る凄腕の刑事だった頃の写真を見せてもらったことがあるが、今はすっかり穏やかになった。変わらないのは細身の身体と背筋の伸びた姿勢だけだ。もしかしたら、まなざしの鋭さも同じなのかもしれないが、老眼鏡《ろうがんきょう》に邪魔《じゃま》されて確認できずにいる。

「お前、あれだ……昨日の福田さんの案件だけどな」

「はい」

「星野もな、チームに混ぜてやれ」

「は……あああ?」

収平はうっかりうなずきそうになったが、すでのところでこらえた。

「な」

「な、じゃなくて……あいつ、まだ入ったばかりじゃないですか。デスクワークですらまともにできないのに、現場に出すなんて反対です。役立つどころか、下手すりゃ余計なトラブルを引き起こしかねない」

うんうんとうなずいていた中原は老眼鏡を外し、眼鏡拭きでレンズを磨き始めた。

「お前、あれだ……ここで働き始めて何年になる」

「七年です」

「いくつになった」

「三十二。もうじき三十三になります」

中原が老眼鏡をかけ直す。

「もう、すっかり一人前の調査員だな」

銀行員から興信所の調査員へ。興味本位でこの世界に飛び込んだ自分を一から仕込んでくれた師匠《ししょう》の言葉——普通なら喜んでいいところだが、収平は違った。中原が人を誉《ほ》めるときは、必ずその裏に別の意図が隠されているからだ。

「誉めて伸ばす」ぐらいならまだ可愛い。中原は「誉めて追い込む」のだ。その手法は様々だが、刑事時代に培《つちか》ったテクニックなのでは、と収平は想像する。気づいたときには手錠をかけられているのだ。

「どうも」

収平は慎重《しんちょう》に礼を言う。気を抜くのは危険だ。

「社会人としても一人前だ。だからな、育てられるだろう?」

「いや、まだまだ、ケツの青いガキですよ。自分の面倒を見るので精一杯です」

「そうか……」

「そうです」

「それならなおさら、星野を育ててやらんとな」

「え？」

「人はな、土方、自分より年若いモンを育てることで成長するんだ」

しまった、そう来たか。だが「一人前です」と答えても同じだった気がする。

「あ、じゃ、金谷さんに――」

「金谷はお前の面倒を見る。お前は星野の面倒を見る。私もな、そういう思いでこの会社を経営しているんだ。おかげでボケずに元気でいられる」

のらりくらりと追い込まれた。ここは素直に受けたほうがいい。

「……わかりました。でも、上手い具合に育つかどうかは――」

「育つ、育つ。お前だって育ったんだ。私から教えられたことを伝えれば、ちゃんと育つ。それにな、あの子はなかなかいいぞ」

「そうですかね」

「そう見えないなら、やはりまだ一人前ではないな」

これ以上、藪《やぶ》から蛇《へび》を出したくない。

「はい、じゃあ早速……なんとかします」

うんうんと中原がうなずいている間に、収平は部屋を出た。

脇の下が冷や汗で濡れていた。喉が渇いた。何か飲もう。

冷蔵庫のある給湯室へ向かうと、給湯室の暖簾《のれん》のすき間からリスがこちらを覗《のぞ》いている。

家政婦か。可愛いフリはやめろ。小動物対決なら、うちのクリームちゃんのほうが百倍、いや千倍も可愛いわ。

「……なんだ?」

「修業、よろしくお願いします!」

クニオは暖簾から進み出て、腰を直角に折った。

「もう所長から聞いてるのか?」

パッと身体を起こし、クニオは不思議そうな顔をする。

「え……あの、昨夜メールで……」

収平は慌ててスマートホンを取り出した。

「き、昨日は野暮用《やぼよう》で……見てなかった」

「あ、そうだったんですね」

急いで、送り主の目の前でメールを読む。

(お疲れさまです。今日は失敗ばかりですみませんでした。仕事帰りにとんかつ屋さんに寄ったところ、先に退社した所長がお酒を飲んでいました。早く仕事を覚えて、土方さんのようになりたいと思い切って話しましたら、「土方の下について、現場仕事を覚えるように」とおっしゃってくださいました。びっくりしましたが、嬉しかったです。よろしくお願いします。がんばります）

ご丁寧に、とんかつ屋のカウンター席で並んで笑っている写真が添付《てんぷ》されていた。大将までピースサインで写り込んでいる。

「な……」

いきなり「面倒を見ろ」と言い出したのは、これがあったからか。酒の勢いでクニオに宣言し、後に引けなくなったのだろう。

「なるほど……」

いずれにしても昨日の晩、このメールを読まなくて正解だった、と収平は思った。マネキンとのムードぶち壊しで、テクニック以前に萎《な》えていたかもしれない。いや、その前にとんかつ屋を急襲《きゅうしゅう》していた。

「……この写真、お前が撮ろうって言ったのか？」

収平はスマートホンを左右に振って見せる。

「あ、はい……せっかくなので……」

えへっ、とクニオは笑った。

（あの子はなかなかいいぞ）

中原の言葉がフラッシュバックする。酒席《しゅせき》での戯言《ざれごと》と後で言い逃れられないよう、メールと写真で証拠を残したのだとしたら……確かに、クセ者だ。

「金谷さんは優しいが、俺は手を抜かないからな。失敗は客の不利益につながる。人の一生を変えるかもしれない手伝いをするんだ。それだけは常に覚えておけよ」

「はい！」

「それと……」

「……はい？」

「コーヒーな」

くるりと向けた収平の背中に声がぶつかった。

「砂糖なし、ミルクふたつですよね。すぐに用意します！」

記憶力はいいらしい。

＊＊＊＊＊

二日後の朝、スマートホンの目覚ましアプリの軽やかなメロディ——ではなく、仮眠室のドアが開く音で収平は眠りから覚めた。

「土方くん……おはよう」

ドアを細目に開け、沙希が顔を覗かせている。既婚女性に興味はないが、こんなふうに優しく起こされるのは嫌いではない。

「……おはようございます。早いですね」

収平は半身を起こし、掠れた声で伸びをした。時刻は八時少し前だ。

昨夜、収平は智里とは別件の浮気調査のため一晩中、尾行を続けていた。無事に証拠の撮影に成功し、明け方に終了。尾行場所が家よりも事務所に近かったので、仮眠を取っていたのだ。

「撮れた？」

「ばっちり。カメラは机に置いてありますけど、データはパソコンに送っときました」

「ご苦労さま。これで旦那《だんな》さんの気持ちは変わるかしらね」

「……弁護士の手配、必要かもしれませんよ」

がりがり……と髪に指を突っ込んで掻《か》きながら、収平は言った。

「あら」

「奥さんの相手、写真の男じゃなかったんです」

「え……複数いたってこと？」

沙希は眉をひそめ、腕組みをする。

「もっと悪いかも。売春っぽい」

「嘘！」

「俺の勘だけど……コソコソしてないし、服装派手だし、振る舞いが妙に慣れてる感じだったんで」

「ああ、エスコート風だったわけね。わかった、先手打って、林《はやし》先生に話を通しておくわ」

林とは、懇意《こんい》にしている弁護士事務所の所長だ。

「旦那さん、気の毒に……」

「ま、証拠固めが一度で済んでよかったと思うしかないですね」

「そうね。お疲れさま、帰って休んで。報告書は明日でもいいでしょう」

収平はあくびをし、うなずいた。そろそろ他の調査員も出社してくるだろう。顔だけでも洗って帰ろう。枕元のスマートホンの目覚まし設定を切り、ズボンの後ろポケットに突っ込んだ。仮眠室を出て、トイレへ向かう。

と、トイレとは反対側の廊下《ろうか》の奥、非常階段に近い壁の配電盤《はいでんばん》の扉が、こちらに向かって開いていた。

七年近くこのビルで働いているが、そんな光景は初めてだった。メンテナンスのために年に一度、電力会社の人間が訪れているのは知っているが、開けている場に遭遇《そうぐう》していない。そもそも、何か問題が起こって呼び出したのでもない限り、こんな早朝にメンテナンスに来るはずがない。

誰かが開けたのか――何のために？

あるいは、何かの拍子で開いたのか――どんな拍子だ。

手の甲で目をこすってぼんやり見ていると、扉の下側からにゅっと足が出た。収平は思わず、跳ねるように後ずさりする。

足は靴を履いていた。ズボンの裾《すそ》も見える。続いて、もう一方の足も出て、床に降りた。収平は自分が寝ぼけているのだと思った。沙希が起こしてくれて、尾行についての自分の推理を伝えたが、夢だったのだ。そうでなければ、おかしい。配電盤の扉はどこかへ通じる通路の扉ではない……多分。

尾行や浮気調査、人捜しの現場で、収平は数々の修羅場を見てきた。生々しい言葉の応酬、暴力に発展する感情の錯綜《さくそう》、溜め込んだ怒りの爆発、人が矜持《きょうじ》を捨てた瞬間……そして、生と死の痕跡《こんせき》が渦巻く部屋。

今、目の当たりにしている情景は、そのどれとも違っていた。現実感がないのだ。まるでマジックショーのようだ。

両足に続いて腕が出て、手が配電盤の扉上部を掴んだ。

「よ、いしょ……っと」

その言葉が収平を一気に現実に引き戻した。男の声だ。

生きた人間の身体が配電盤の中から出て、すっくと立つ。扉に隠され、腰から上はまだ見えない。しかし、声とシルエットですぐに彼の正体がわかった。

「あ……！」

予想どおり、扉の陰から現れたのは、スーツ姿のクニオだった。

クニオは収平を見て「やばい」という顔をした。収平は大きく息を吸い込む。

「う……」

ものすごいスピードで収平に近寄ったかと思うと、クニオは収平の口に左手のひらを押し当てた。

「声を上げないで！」

その機敏《きびん》な動作も鋭い声のトーンも、いつものクニオとはまるで違った。リスのような目は同じだが、獰猛《どうもう》な獣の光を瞳孔《どうこう》から発している。

驚きで収平はさらに下がり、背面に壁が当たった。勢いがあったせいで後ろポケットのスマートホンが嫌な音を立て、臀部《でんぶ》にめり込んだ。

「あなたは何も見ていません」

クニオの唇が動いているのはわかるのに、直《じか》に脳みそに話しかけられている気がした。

声が耳の中で振動する――いや、手のひらを通じて顔の骨に言葉を伝えているのだ。

「見ていませんよ……そうですね？」

収平はうなずく。すると、クニオはいつもの笑みを浮かべた。

「……よかった」

ふっ、と意識が暗転《あんてん》した。

◆◆◆◆◆

やっぱり、こんなの嫌だ。記憶消去なんて、二度とやりたくない。軽めの処置でも、怖い。

政府の公式発表では「十回でも検体に異常は見られなかった」「二十回目で異常が見られたのは五パーセント以下」となってるけど、この仕事をしていれば、そんなの嘘っぱちだって知ってる。「脳の障害」とか「精神障害」とか、原因不明とされているものの大半はこれのせいだって、みんな言ってる。

大義《たいぎ》の前には仕方がない、なんて思えない。大勢を救うために、自分を犠牲にするのは難しい。他の誰かを犠牲にするのはもっと難しい。

——こういうことを考えるから、仲間は「クニオはこの仕事に向いてない」って言う。そういう罪悪感を消し去るトレーニングも受けたけど、きっと同じように感じた奴はこれまでにもいたはずだ。そして……好きになってはいけない人に恋をした奴も。

まだ、迷ってる。土方さんを巻き込まなければ成功しない、だから味方になってもらおうと決めたけど……正しいのかどうか、わからない。

3

目を覚ますと、収平は仮眠室のベッドの上にいた。

「土方くん……大丈夫？」

ドアの間から沙希が心配そうに見ている。

「あ……え……？」

収平は「大丈夫？」の意味がわからなかった。尾行から戻り、沙希ら調査員が出社するまで……と寝ていただけなのに。とりあえず半身を起こし、ありきたりな挨拶《あいさつ》を口にする。

「おはようございます」

沙希の表情がすぐに変わった——心配から、呆《あき》れへと。

「……もう、何言ってるの？　さっき聞いたわよ！」

「え……俺、ここでずっと寝てましたけど……」

「寝ボケにもほどがあるわ……起きたでしょう？　話をしたじゃないの。その後、廊下で寝込んじゃって、星野くんと運ぶの大変だったんだから！　大きいし、重いし……」

収平はぽかんとした。

「廊下？　廊下になんか出てませんよ。みんなが来るまで寝てただけで……」

と壁の時計に目をやる。十時に近い。収平は慌ててベッドを降りた。

「うわ、寝過ごし……すいません！　カメラは机に置いてあります！　データはパソコン――」

「落ち着いて！」

沙希は近寄り、立ち上がろうとする収平をベッドに座らせた。

「だから、それはもう聞いたわ。一時間も前にね」

「……え？」

「確認したから、今日は帰って休んでって私が言ったの……覚えてない？」

「いや……え？」

収平は無意識に頭に手をやる。しかし、それが沙希の反応のスイッチを押したようだ。

呆れは再び心配、それも深刻な心配へと変わった。

「痛い？　痛いの？　ちょっと、やっぱり脳溢血《のういっけつ》か何かなんじゃ――」

「いや、違います！　痛みはありません。ただ……寝込んでた？　廊下で？」

沙希の説明では、自席でメールチェックをしているとクニオが「土方さんが倒れてます！」とすっ飛んできたらしい。廊下へ出ると、確かに収平が廊下の壁にもたれるようにして意識を失っていた。しかも、いびきをかいている。倒れ、頭を打った様子もない。脳溢血、あるいはくも膜下《まくか》出血《しゅっけつ》かと慌てたが、声をかけると「うるさい、眠い」しか言わない。そこで、ふたりで引きずるようにして仮眠室へ運んだという。

「全然、記憶にない……」

収平としてはそれがショックだった。酒に溺《おぼ》れたことは数え切れないほどあるが、記憶を失くしたことはない。まして、眠気だけでそんな……。

「ここまで引っ張ってくるのはなんとかなったけど、大変だったのはベッドに上げることよ！　まあ、なんたって重いんだもの！」

収平は七十キロ以上あるが、もっと重く感じただろう。

「星野くんが意外に力持ちで、助かったわ。それに人命救助の訓練を受けたことがあるとかで、意識のない人を運ぶコツを知ってたの。感心したわ。人は見かけによらないものね」

それも当然、覚えがない。しかし、迷惑をかけたことに違いはない。

「すいませんでした」

体重が五十キロぐらいまで減った気分になる。

「でも……やっぱり、病院で診《み》てもらったほうがいいわ！　何もなければ、それでいいんだし……どうせ帰るなら、ここを出たその足で行きなさい」

「はあ……」

迷惑をかけたという申し訳なさと、沙希の力強い言葉に返事を濁していると、ドアが開いた。クニオだった。

「あの……大丈夫ですか？」

「ああ……運んでくれたんだって？　悪かったな。ありがとう」

「それは別に……あの、頭痛とかないですか？」

収平は首を横に振る。

「まったくない。寝ぼけてたんだな。廊下へ出たことも覚えてないんだ」

クニオはホッとした表情になった。

「そうですか、それならいいんですけど……」

「大丈夫だ。それより……喉が……」

咳払《せきばら》いをすると、クニオは微笑んだ。

「あ、じゃあ、水持ってきます」

クニオが姿を消すと、入れ替わりに調査員たちが顔を見せた。

「土方さん、調子どうですか」

「ああ、大丈夫だ。心配かけて悪い。燃料が切れただけだ」

「やだ、寝癖が……」

「え、どこに？」

「耳の上の髪がはねてます」

女性スタッフの指摘に、みなが笑う。クニオが持ってきてくれた水を飲み、収平もようやく気持ちが楽になった。

「帰って、ゆっくり寝てください。目の下のクマ、すごいですよ」

「ああ」

収平はトイレへ行き、用を足してから顔を洗った。ズボンの後ろポケットからハンカチを引っ張り出し、濡れた顔を拭う。不意に、反対側の臀部に痛みが走った。手を突っ込み、スマートホンを出す。画面に見事にヒビが入っていた。

「うわ……」

廊下で寝込んでしまった際に、押しつぶしたのだろう。

「……参ったな……」

さすがに七十キロの重みには耐え切れなかったか――いや、待てよ。確か、これは耐荷《たいか》重《じゅう》が百キロ以上だったはずだ。落としたか、踏みつぶすでもしない限り、こんなふうには割れないはず……いずれにしても修理するか、買い替えなければ。

収平は廊下に出た。

ふと、廊下の奥が気になった。なぜかはわからない。誰もいないのをいいことに収平は歩いていき、観葉植物の鉢の周囲を見た。

だが、気になるのはそこではなかった。配電盤だ。扉に触れてみる。すると、開けたくてたまらなくなった。

「土方、何してるんだ?」

声のほうへ顔を向けると、部長職の男性が立っていた。警備会社に長年勤めた経験があり、所長の中原とは対照的な強面《こわもて》だ。深夜、収平が彼と連れ立って歩いているとよく職務質問に引っかかる。どこかの組に所属しているように見えるらしい。

「あ、おはようございます」

「おはようじゃないだろう。倒れたんだって?　大丈夫か?」

「いえ、まあ……」

面倒だなと思いながら、覚えていないこと、沙希とのやりとりをくり返す。

「で……配電盤がどうかしたか」

「いや、別に……」

「音でもしたか」

「いや、ええと……」

自分でも説明できない。

「ネズミがいた……ような……」

適当に答える。違うのはわかっているが、とにかく開けたいのだ。

「ネズミ？」

言うが早いか、部長はハンドル上のボタンを押し、飛び出した平面ハンドルを引っ張った。

「うわ！」

収平は反射的に、部長の背後に飛びのく。

「えっ、脅《おど》かすなよ！」

部長も声を上げたが、中ではなく、収平のリアクションに驚いたらしい。収平もどうして飛びのいたのか、理由が理解できない。

当然、中にはスイッチが並んでいるだけで、他には何もなかった。

「……なんだ、ネズミなんかいないじゃないか」

部長の言うとおりだ。人が意図的《いとてき》に閉じ込めない限り、入り様がない。開ける前からわかりきっていた。

「ええ……いや、そうじゃなくて——ええと……」

「部長」と声が飛んできた。クニオだった。

「お電話です」

「おう」

部長は収平の肩をぽんと叩き、「疲れてるんだ、帰って休め」と行ってしまった。残されたのは、収平とクニオだけ。

「土方さん……どうかしたんですか?」

クニオがあの純粋な目で歩み寄る。いつもよりフレンドリーな気がして、収平はなぜか怖くなった。

いや、こいつは常にこんなふうだった。しかし苦手だと思いこそすれ、怖いと感じたことなどない。それなのに今は、クニオの存在そのものが耐《た》え難《がた》い恐怖そのものに思えてしまう。

「い、いや……なんでもない、なんでもない!」

収平はハンドルを掴み、配電盤を閉じた。

「配電盤ですよね、そこ」

「そうだ、配電盤だ」

クニオはちょっと考え、微笑んだ。

「SF映画にありましたよね、ロッカーの中が宇宙人の王国になってる……みたいなエピソード」

「はあ? ああ……」

「面白かったな。僕、映画好きなんです」

「そ……そうか」

どうしてそんな話をされるのか、さっぱりわからない。わからないから、怖い。わからないが、意味があるような気もする。そんな気がする自分も怖い。

「あの……熱でもあるんじゃないですか？　汗がすごいですけど……」

指摘されて初めて、首筋の汗でシャツの襟元《えりもと》がじっとりと濡れていることに気づいた。

「ああ……そうかな……」

寝不足、熱、疲労……それがこのおかしな衝動《しょうどう》と恐怖の原因かもしれない。

「か、帰るよ」

「はい。お医者さんに診てもらったほうがいいです」

「そうだな。ありがとう」

クニオは恥ずかしそうにうなずいた。

「お大事に」

「ああ」

収平は逃げるようにして仮眠室へ戻り、鞄《かばん》と上着を掴んでビルを出た。

その夜、収平は自宅の居間《いま》であぐらをかき、観るでもなくテレビを眺めていた。パーカに緩《ゆる》いデニムという楽ないで立ちで、腿《もも》の上では猫のクリームがだらり……と眠っている。飼い主同様、隙だらけの格好だ。

自宅といっても賃貸契約《ちんたいけいやく》、古い木造二階建ての一軒家である。年老いた持ち主の「猫の面倒を見てくれるなら安く貸す」という条件を受け入れ、収平よりもずっと年上のクリームと暮らしているのだ。

酒を飲んで寝てしまい、起きたのは夕方だった。シャワーを浴びても頭にかかった靄《もや》は晴れず、ずっとぼんやりしている。二日酔いの症状だ。

飲酒がまずかった、という自覚はある。こういう仕事をしていると生活のリズムが不規則になる。長く働き続けたければ、そして健康でいたければ、すぐに身体の機能を太陽の動きに合わせるのがいい。時差ボケ対策と同じだ。

朝まで尾行を続けた後は、飲み食いせずにまず眠り、昼に起きて昼食を取る。それで自然なサイクルに戻れる。

いつもはそれを心がけているのだが、今日は違った。

部長とのやりとり、クニオの言葉と視線にひどく混乱した収平は最寄り駅近くのコンビニエンスストアで五百ミリリットルの缶ビールを買い求めた。そして、それを飲みながら帰ってきた。ふらつきながら、猫に餌《えさ》をやったあたりまでは記憶があるが、その後はさっぱりだ。何もしていないのに、疲れが取れたような、取れないような、妙な一日になってしまった。

腑《ふ》に落ちないのは、ビール一本ぐらいで二日酔いになったことだ。空きっ腹にもっと飲んでも、うっかり鎮痛剤《ちんつうざい》を服用した後に飲んでも、こんな奇妙な酩酊感《めいていかん》が続くことはこれまでなかった。

いずれにしても、今夜の睡眠で元に戻さねば――いや、戻るだろう。

「あー……あああ……」

収平が大きく伸びをすると、クリームが目を開けた。リラックスタイムを邪魔しないでとばかりに睨む。

「ごめん、ごめん。風呂沸かすから、ちょっとどいて――」

言葉の途中でクリームが頭を上げ、収平の腿の上で立ち上がった。玄関《げんかん》の方向を見つめ、じっとしている。人の気配を察知したのかもしれない。

「クリーム、向こうへ……」

押さえる前にチャイムが鳴り、クリームは見事な跳躍《ちょうやく》で玄関へと走り出した。初対面だろうがなんだろうが、とにかく人間が大好きなので、外へ出ないよう止めるのが一苦労なのだ。

果たして、玄関戸のすりガラスには人影が映っていた。スーツに見える。宅配便業者の制服ではなさそうだ。

クリームはというと、すでに三和土《たたき》に降り、両前脚をガラスにくっつけてみゃー、わーと挨拶をしている。収平はため息をつき、クリームを強引に抱き上げて聞いた。

「どちらさま?」

「あの……星野です」

「え……?」

「すみません、夜分に……」

「何か用事?」

「はい、あの、ちょっとお話が……」

会話の合間にクリームが声を挟むので、鬱陶《うっとう》しい。仕方なく胸にしっかり抱きしめたま ま、収平は戸を開けた。

「こんばんは」

クニオは申し訳なさそうに頭を下げた。

「いや……とにかく、入って。こいつ、外へ出ていっちまうからすぐに閉め——うわ!」

案の定、クリームは「離して!」と暴れ出した。そして、まんまと収平の腕から逃れ、クニオに飛びかかり——と思いきや、廊下を一目散に走り、家の奥にある風呂場のほうへ逃げていってしまった。

「……あれ？　クリーム？」

珍しい反応に、収平はあ然とした。状況を把握していないクニオも、突然の騒ぎにびっくりしている。

「あの……猫ちゃん……」

「ああ、いや……なんだかな。上がってくれ」

「お邪魔します……いいお宅ですね」

「無理すんな。ボロ屋だって言え」

借家にもかかわらず暴言を吐くと、クニオは微笑んだ。

「そんな……いいお宅ですよ！　僕、好きです……」

ひとまず収平はクニオを居間へ通す。

それからクリームを探しにいくと、風呂場の蓋《ふた》の上にいた。シャーと牙を出し、威嚇《いかく》のポーズだ。風呂が嫌いなので、そこへ逃げ込むのはよほどのことだ。

よくわからないが、そこにいてもらったほうが都合がいいので、収平は扉を閉めて台所へ行った。インスタントコーヒーを淹れ、居間で待っているクニオのところへ運ぶ。

「悪いな、バタバタして……」

ちゃぶ台にマグカップを置くと、収平は部屋の隅に重ねてある座布団《ざぶとん》の一番下の一枚を抜き取り、クニオのほうへ出した。一番上はクリームがよく乗っているのだ。

「いえ、こちらこそ……猫ちゃん、大丈夫ですか？　突然来たから、びっくりさせちゃったんですかね」

座布団に座り、クニオが心配そうに廊下のほうへ視線を送る。

「まあ、大丈夫だろう。外へ行かれるよりいい」

「あの、これ……少しですけど」

クニオは紙袋を差し出した。駅前の洋菓子店のロゴがついている。

「甘い物、大丈夫でしたよね」とクニオはネクタイを緩めた。

会社にいるときとは少し違うな、と収平は思う。笑顔の安売りがないせいか、やけに落ち着いていて、大人っぽい雰囲気だ。

「わざわざ？　別にいいのに」

「いえ、連絡もせず、急にお邪魔したんで……」

中身は二種類。スイートポテトとカボチャのプリンだった。

「美味そうだ。皿取ってくる。フォークも……スプーンのほうがいいか」

収平は再び台所へ入った。皿とスプーンを二セット用意したところで、風呂場のクリームに牛乳を差し入れてやろうという考えが浮かび、冷蔵庫を開ける。

その瞬間、オフィスの廊下の映像が脳裏《のうり》に浮かんだ。

扉……開ける……配電盤……星野の足が……。

「あの、手伝いましょうか？」

振り返るとクニオがいた。音もなく台所まで来ていたことに驚き、収平は乱暴に冷蔵庫のドアを閉めた。

「お前……」

口を動かすが、言葉が出ない。

「……思い出しましたか……そうですよね……」

収平の動揺《どうよう》ぶりから状況を察したらしく、クニオは静かに息を吐いた。

「ごめんなさい……その話をしにきたんです」

「その話？」

クニオはこくんとうなずき、静かに言った。

「座って話しませんか？　そのほうがいいと思うんです」

それは、依頼人に調査結果を報告する際に注意すべきことだった。ショックを受けて倒れないよう、先にそう促すのだ。

誰かがクニオに教えたのだろうか。あるいは、オフィスで耳にしたのか。

いずれにせよ、そう告げたクニオが普段の彼とはまったく違う――冷静で、説得力を持った態度だ。それも何か理由があるのだと収平は感じ、やや緊張しながら居間へ戻った。

「配電盤の扉から出たところ、見ましたよね」

コーヒー、スイートポテトとカボチャプリンが載ったちゃぶ台を囲んで座るや否や、クニオは言った。勿体《もったい》ぶった様子もなく、さらりと言われ、収平は思わずちゃぶ台に身を乗り出した。

「や、やっぱり！　あれ、何だったんだ!?　マジックか？　イリュージョンか？」

「いいえ」

クニオは持参したカボチャプリンをさっさとスプーンで口に運ぶ。

「……いいえ？　じゃ、どういう――」

「僕、未来人なんです」

「……何？」

「ほぼ五百年後の未来から来ました。あの配電盤の中はタイムマシンなんです。っていうか五百年後の技術では、扉がある場所ならどこでも、中をタイムマシンにできるんですよ」

収平は呼吸も瞬《まばた》きも忘れ、クニオを見つめる。

「このプリン、美味しいなあ……スイートポテトも期待できますね。食べてください」

「今……なんて？」

「スイートポテト、食べてって――」

「そっちじゃねえよ！　その前！」

「プリン、美味しい――」

「違う、もっと前！　タ、タ、タイムマシン？　五百年後？　バカ言ってんじゃねえよ！」

我に返り、収平は怒鳴った。想定内だったのか、クニオは「唾液が飛んだー」と冷静にプリンのカップを避難《ひなん》させている。

「こんな夜に家にまで……わざわざ、からかいにきたのか？」

「まさか。だって、土方さんは見たんでしょう？　僕が配電盤から出てくるのを……マジックなんて知らないです。この時代に来るにあたって、知識は持っていますけど、僕らの時代には存在しないものなので」

「存在って……五百年後にマジックは廃《すた》れているのか？」

問題がそれでないのはわかっているが、タイムマシンも未来人も理解したくないので、些末《さまつ》なことにこだわってしまう。

「そんな恨みがましい目で見られても……僕のせいじゃありません。娯楽《ごらく》やイリュージョンの認識が変わっただけです」

「ああ……」

タイムマシンがあるぐらいだもんなと納得はできたが、目の前のクニオが現代人と同じ姿をしている分、淋《さび》しい。

プリンを食べ終わったクニオは、ジャケットの胸ポケットからスマートホンを出した。

「百聞《ひゃくぶん》は一見《いっけん》に如《し》かず。埒《らち》もない会話を続けても時間の無駄なので、お見せします。今、コリドーを出しますから」

「埒もないってずい分な――コリドー？」

「時間回廊《じかんかいろ》のことです。現代に合わせてタイムマシンって言ってますけど、マシンが動くわけじゃないんです。好きな場所に、時空《じくう》をつなぐ通路を開くだけで……どこがいいかな……」

クニオは居間をきょろきょろと見渡す。

「お、おい、待てよ、勝手にここにそんなものを出されても――」

「大丈夫です。配電盤の中を見たでしょう？　すぐに閉じられます。そこがいいかな」

収平の動揺をよそに、クニオは立ち上がった。家主が残していった古い茶簞笥《ちゃだんす》の前へ進み、しゃがみ込んでスマートホン上部のふちを下の引き戸に向けた。止める間もなく、ふちから青い光が引き戸に照射される。収平は思わず立ち上がった。

「え……」

引き戸はほんの一瞬、青白く輝いた。

「はい、終わり」

「……う……嘘だろう？」

クニオは茶簞笥に近寄り、引き戸を開けた。

「うわあああああッ！」

収平は両腕を顔の前で交差させ、訪れるはずの衝撃に身構える。しかし、何も起きなかった。引き戸を引く「すーっ」という音がしただけだ。

「つながってます」

クニオの声に、収平は恐る恐る腕を下ろして茶簞笥を見た。引き戸の中にはお茶の缶や海苔《のり》、ふりかけ、カップラーメンのストック、ウイスキーのボトルなどが入っているはずだった……が、白いホログラムのようなものが渦巻いている。

「わ……」

収平は思わず、後ずさる。そうしながらも、目はそこに釘付けになっていた。奥行きはわからず、ただふわふわと光が漂《ただよ》っているようだ。しかし輝いていて、美しい。

「うっかり入るとまずいので、小さな扉に作ってみました。犬や猫なら入れそうですけど」

クニオは引き戸を締め、またスマートホンの青い光を当てた。そして、再び戸を引いた。見慣れたカップラーメンのパッケージ、ウイスキーボトルのラベルが覗いている。

「ああ……」

収平はほっと息を吐く。同時に、今自分の目で見たものがまぎれもない事実なのだと受け入れざるを得なくなった。何か言いたい、言わねば……。

「く……黒くないんだな、トンネルは」

それしか出てこなかった。根拠はないが、ブラックホールのイメージだった。

「ああ、本当は黒いんです」

「え？」

「でも、それだと恐怖心を煽られて、入る気が失せる！　っていうんで、画像処理してあるんですよ」

「……はあ……」

なるほど……と感心する。そんな場合ではないのだが、驚きのあまり、素直な反応しかできない。

「地獄へ行くよりは、天国へ行けるようなイメージのほうが抵抗はないでしょう？」

「……まあ、そうだな……そうか？」

しれっと言うクニオに、収平は何度目かの違和感を強くした。こいつ、こんなにしたたかでクールなキャラだったっけ？

「お前、なんか、人が変わってないか？　会社じゃ、もっとこう……」

「可愛い感じ？」

クニオは小首を傾《かし》げ、にこっと微笑む。

「そのほうが受け入れられやすいんじゃないかと思って……」

「え、演技かよ！」

「全部が全部じゃないですけど……怪しまれないほうが仕事はしやすいんで」

「ああ……って、なんか納得させられてるけど、お前は……なんで……？」

「政府の任務で来ました」

「役人の視察です、みたいにさらっと言うなよ」

「でも、他に言いようがありません。実際は工作員なんですけど、現代ではいいイメージじゃないかなと思って」

「どう言われても怪しいだろう！」

収平は突然、頭がぼうっとした。信じる、信じない以前に脳みそがキャパオーバーになってしまったらしい。

「あ、食べてください。脳に糖分を与えたほうが……」

クニオがスイートポテトをすっと前に出す。収平はハッとした。

「お前、今、俺の頭の中を読んだのか？」

「そんな能力ありませんよ。五百年後でも、超能力は未知の力です。観察すれば、気分が悪いぐらい誰でもわかります」

あれこれ問い詰め、闘う必要があるのなら確かに糖分とカフェインは必要だ。

　収平はスイートポテトを手づかみし、齧《かじ》った。自分が思う以上に疲弊《ひへい》していたのか、甘さがしみじみと身体に染《し》みる。美味い。コーヒーはすっかり冷めていたが、かえってガブ飲みできた。

「それで」とマグカップを置き、収平はクニオを見据《みす》えた。

「任務ってのは――いや、その前に、どうして俺にバラした――の前に、俺の頭の中を弄ったのか？」

　話しながら、配電盤事件を遡《さかのぼ》っていく。疑問がどんどん湧いて、どこから突っ込むのが正しいのか、収平にはわからない。

「弄るというのは――」

「ま、待て！　お前……俺を消しにきたんじゃないだろうな……」

「消す？」

　クニオの顔色が少し変わった気がした。

「抹殺する、という意味だ」

「ああ……小説や映画に出てきますね、そういう言い回しが。それはしません」

「言い切れるのか？　お前は政府の指示で来てるんだろう？　政府が命じたら……」

「あの……それやっちゃうと歴史に狂いが生じるんで、過去に来た意味がなくなります。歴史を動かすと別の歪みやひずみが生じます。小さくても影響が出るぐらいなんで、大事件の場合は後々、ものすごく面倒なことになるんです」

「タイム……なんとかってやつか。パ、パ……パートタイム？」

クニオは笑わない。

「タイムパラドックス。そのせいで、僕はここに来たんです。つまり、そのひずみを直すのが僕の任務なんです」

一気に喋って喉が渇いたのか、クニオは咳き込んだ。話を一時中断し、収平は改めてお茶を用意する。酒が飲みたかったが、クニオの前で酔っぱらうのが怖かった。酔うなら、ひとりになってからだ。

「そもそも……抹殺するつもりなら、手土産《てみやげ》を持って家を訪ねたりしませんよ。ひと気のない場所へ呼び出して、どうにかします」

お茶をすすり、クニオは続けた。

「それもそうだな……」

「その前に、コリドーなんて見せません。殺す前に秘密を教える……なんて、作り物だけですよ。ドラマとして盛り上がるからです」

「うーん……」

いちいち筋が通っている。

配電盤事件とコリドーを目の当たりにしたせいで、タイムトラベルを信じないわけにはいかなくなった。しかし、クニオの素性と任務、そのために演技をしていることについては半信半疑《はんしんはんぎ》だった。

　人は身勝手から平気で嘘をつくし、保身のために信頼する人、愛する人を裏切る。そういう姿を収平はずいぶん見てきた。冷酷なのではない。己に甘いのだ。クニオがそうではないとは言い切れない。

「頭は弄ってないいし、殺すつもりもないんだな」

「はい。ただ、土方さんの中の配電盤の事実を修正しました。すみません」

　さらりと言われたので、聞き流しそうになった。

「……修正？」

　沙希とのやり取りを思い出す。起きたはずなのに覚えていなかったこと、配電盤の記憶が消えていたこと……収平は再び立ち上がった。

「や……やっぱり！　頭を弄ったんじゃないか！」

　弾劾《だんがい》するかのように、クニオを指差す。しかし、クニオは慌てない。

「違います、ちょっと記憶に消しゴムをかけただけです。やり方が甘かったんで、薄っすら残っちゃったみたいですね。それでさっき、冷蔵庫のドアで思い出したんでしょう。部長との会話を聞いて、もしかして……と思って、来たんです」

「ちょっとって……そんな簡単なもんじゃないだろう！　お前にとってはちょっとでも、

こっちは……」

　収平は怒鳴りながら、自分のミスに気づいた。

　依頼人がターゲットと話をする場合、できるだけひと目のある場所で行うことや、第三者の立ち合いを勧めている。自分もファミリーレストランや喫茶店に移動するべきだった。殺すつもりがなくても、人体に何らかの処置を施すとか、そのぐらいは朝飯前のはず。すでに記憶の改ざんをしたぐらいだ、もっとひどいことだって――。

「ど……どうして来たんだ。俺をどうする気だ」

「どうもしません」

「じゃ、なぜ、秘密をバラした？　話す前に、もう一度記憶を消せばいいじゃないか！　その任務とやらを実行して、さっと帰ればいいものを……後処理が面倒になるのは避けたいんだろう？　歪みとやらの危険も増える。矛盾《むじゅん》してるぞ」

　クニオは嬉しそうに笑った。

「ああ、よかった……土方さん、やっぱり頭がいいですね。そうです、矛盾して見えますよね」

「何が『ああ、よかった』だ！　騙されないぞ！　俺は――」

「任務を手伝ってほしいんです。そのために……危険を承知で秘密をバラしたんです」

「手伝う？」

クニオはうなずいた。

説明によれば、人類がコリドーを生み出したのは、クニオたちの時代から二世紀ほど前——今から約三百年後のことだという。

地球規模の災害や環境《かんきょう》汚染《おせん》が原因ですでに多くの人命が失われ、あらゆる国家は崩壊、消滅した。生き残った人類は汚染の進んでいない土地に集まり、リーダーとして選ばれた指導者たちの下、秩序ある生活を営んでいた。

そこで偶発的にコリドーが生まれた。指導者らは使用目的を「人類存亡に関わる危機を食い止める場合のみ」と決め、災害や汚染の原因を探るために限ってタイムトラベルを決行する。しかし、歴史的な大事件に手を加えずとも、やはりあちこちに歪みが生じてしまった。

事態を重く見た指導者らは科学者たちと相談、歪みを監視するシステムを構築した。

「歪みの修正を行うのが僕ら……『コレクター』なんです」

「コレクター……集める？」

「いいえ、訂正《ていせい》する、正確という意味のコレクトです」

科学者らは残されたデータや映像を元に慎重に計算を行い、修正のため、コレクターを様々な時代の様々な場所へ飛ばす。新しい大きな歪みを作らないため、任務の多くは個人レベルの修正に留《とど》まるらしい。その結果を確認し、さらに別の時空で修正を加え……という地道な作業を行っているという。

急に真面目な顔つきになると、クニオは座布団から降り、畳《たたみ》に両手をついた。

「この時代の日本で修正を行わないと、ある理由で、今から約三百五十年後に約一億の命が一気に失われます。そして……それが連鎖反応《れんさはんのう》を起こし、僕らにとっての『現代』にたどり着いたときには、再び人類滅亡につながる数字になるんです」

日本の人口は約一億。クニオの言葉を真に受けるなら、三百五十年後、日本が消滅するほどの人が死ぬ。それはやがて、全世界を巻き込んでいく……想像がつかない。そんな世界も、三百五十年後も。

「僕がここでの任務を完了すれば、その危険は回避されます。三百五十年後のための修正が一億の人を救い、ひいては五百年後の世界を救うんです」

「いや、命は大事だ。多いとか、少ないとかいう問題じゃなくて……」

「だから、お願いします。手を貸してください」

クニオは頭を畳にこすりつけた。

「何が起こるのか、どうして今なのか、どうしてこの場所なのか、どうして土方さんにお願いするのか……きちんと説明します。疫病《えきびょう》が流行って——」

「おい、よせ！」

収平は叫んだ。クニオは頭を上げ、すがるような目で話し続けた。

「あなたに危害は加えないと言いました。それは本当です！　証拠が必要なら、いくらでも——あ、何か、近い未来に送ってみましょうか？」

「近い未来？」

「五分後とか……例えば、この皿を——」

「よせ、必要ない！」

もしもそれが事実だとこの目で確かめてしまったら、後戻りできなくなる。それに、それ自体が身体に悪影響を及ぼすかもしれない。

収平は怖かった。遠い未来が想像できないことも、自分には関係ないと言い切ってしまうことも。

「気持ちはわかります。僕だって、例えば五十年後のことを想像しろと言われても、ピンときませんから」

クニオは安心させるべく言ったのだろう。だが、収平は責められている気がした。会社ぐるみの大掛かりなサプライズ、あるいは詐欺《さぎ》だと言われたほうがどれほどマシか。

「いや……お前の言葉は信じる。でも、ここから先は知りたくない。聞きたくない。俺は徹夜で尾行して、疲れてたんだ。だから変な幻覚を見た。変だった俺を心配して、お前は手土産を持って訪ねてきた。それだけだ……そうだろう？」

「土方さん……」

「もう、帰れ。頼むから……帰ってくれ」

期待を込めて見上げていたクニオの瞳はやがて光を失い、悲し気に曇《くも》っていった。

◆◆◆◆◆

後戻りはできない。もう、時間がない。このまま、進めなきゃ。

時空を遡り、同じことをくり返している自分が「後戻り」「進める」なんておかしいけど。

土方さんの身体、脳は問題ないみたい。よかった。

(お前の言葉は信じる)

困惑は覚悟の上だったけど、やっぱり、客観性を持ってる人だ。もちろんそのことと、協力してくれるかどうかは、また別の話。

でも、彼は、助けを求める人間を突き放したりしない。乱暴なふうを装ってるだけで、優しい人だもの。その優しさに賭ける。利用？　そうかもしれない。

最後には、その優しさを裏切らなきゃならない。でも、嫌われるのは怖くない。傷つけるのが怖いだけ。だからもう一度、記憶を消去する。今度は、すべて……僕の記憶も。

それですべて完了。僕は土方さんの目の前から、人生から姿を消す。いなくなる。
僕の中に、土方さんのこと、土方さんへの想いが残るだけ。
それだけ。

4

「忘れ物、ないか？」

駐車場で、黒いワゴン車を前に収平はクニオに聞いた。

ポケットが沢山ついたナイロン製のバッグを掲《さ》げ、クニオはうなずく。

「はい」

午後四時過ぎ。尾行開始だ。

調査対象は公務員の男。浮気相手はこともあろうに、男の子どもの同級生の母親だった。律儀に二週間ごとに同じ時刻、同じホテルに現れるので、すでに一度、浮気現場の写真は押さえている。今日は、証拠固めのための二度目の尾行——つまり比較的楽な調査なので、クニオを同行させることにした。

「一覧表でチェックしました」

バッグの中には、尾行のための七つ道具が入っている。ビデオカメラやボイスレコーダー、ピンマイクなどの記録用の機器、小型の超高性能懐中電灯《かいちゅうでんとう》、ＧＰＳ発信機……この辺りは目的が決まっている。今はスマートホンでかなり鮮明な写真や動画を撮影できるが、場所が特定できるよう、広範囲でしっかりとした記録を残すためには、やはりビデオカメラのほうが確実だ。

スマートホンはむしろ、地図アプリが役立つ。喫茶店やコンビニエンスストアなどを調べられ、持ち歩きが楽なのもありがたい。ただ検索に手間取ることもあるので、地図帳は必須だ。

他にはレジ袋、煙草とライター、ボディバッグ、小銭入りの財布など……ほとんどが、怪しまれずに調査対象に近づくための小道具だ。スーパー帰りを装って後を追う、喫煙《きつえん》スペースで様子を探る、自動販売機で水を買うフリをしながら見張る、コインパーキングを使う……こんなときに必要になる。

服装はできるだけシンプルにし、目立つ色やブランドのロゴ入りのものは身に着けないのが鉄則だ。

今日の収平は黒っぽいウールのジャケットに何の変哲《へんてつ》もない白のTシャツ、デニムに革靴というスタイルだ。大抵、いつもこんな感じだった。ずっと車の中にいたり、深夜に街をうろついたりするので、職務質問を受けないように身ぎれいにしておくのもプロとして重要だ。そのため、会社にも何着か着替えを用意してある。

スニーカーは地味な色、デザインならＯＫだ。そして、いざという時に引っかかって転ばないよう、紐は常にしっかりと結んでおく。

車には眼鏡や帽子、ネクタイなどの変装用雑貨も用意する。それらは小物だが、他に大物も積んでいる——自転車だ。

依頼人からの情報で調査対象の動向がある程度は掴めていても、その日、予測どおりに動くとは限らない。特に東京都内のように密集した街で、もっとも困るのは車の駐車場所だ。撮影や監視にちょうどいい場所に停められなかったり、追跡できない場合は自転車が活躍する。アナログも捨てたものではない。

ただ、スマートホンが登場してから尾行や追跡はしやすくなった。スマートホンに気を取られ、人々の周辺へ向ける意識が緩めになったからだ。調査する側も「スマートホンをいじっている」だけで注意をそらすことができ、あえて「××している人」の演技をしなくても済む。

「気は抜かず、気楽にな」

「はい」

運転席の収平は言った。紺色のジャケットにウィンドウペン柄のシャツ、明るい色のコットンパンツといういで立ちのクニオが、助手席で神妙《しんみょう》な顔つきでうなずく。

「頑張ります」

もちろん、クニオは運転免許を持っている。それが採用の最低条件だからだ。しかし楽な現場とはいえ、ミスを犯してせっかくの証拠を台無しにされても困るので、収平がハンドルを握ることにした。そもそも、現代の運転技術があるのかどうか、怪しい。

「計画を立てても、そのとおりにはいかないことも多い。結局のところ、いくら便利な道具があっても、使うのは人間、動くのは人間。そして、相手も人間だからな」

「はい」

クニオは神妙な顔つきで答えた。

駐車場から道路へ出て、逢引《あいび》き場所のホテルを目指す。

「その場の判断で、柔軟に動く——これが一番、難しい。重要なのは経験だ」

「そこ、左です」

それまで静かにうなずくだけだったクニオが突然、言った。カーナビゲーションシステムは使っていない。

「いや、直進だ」

「今日は左です」

東京に慣れているタクシー運転手ですら、今やカーナビとリアルタイムの交通情報を駆使して街を走るのだ。履歴書によれば、クニオは地方出身だ。道もさることながら、状況に明るいはずがない。それとも「未来人」だからすべてお見通しなのか。仮にそうだとしても、バカ正直に言いなりになる気は収平にはなかった。

「まっすぐでいいんだよ」

「いいえ」

「遠回りになる」

しかし、クニオは「左へ」と譲らない。自信に満ちているというより、断定的だ。

クニオが訪ねてきた夜から数日が過ぎていたが、収平がクニオと交わしたのは仕事の話だけだった。ふたりきりになる機会はあったが、同僚の目がある場所に限っていたし、クニオが続きを話したがっている様子もない。はねつけたのは自分なのだから、当然といえば当然だ。

しかし、「未来人」話を聞かなかったことにはできなかった。クニオの前では一切触れず「まったく気にしていない」ふうを装っていたが、その不自然さがかえって「気にしている」自覚を募らせ、自分で自分にイライラする日が続いた。

そしてついに、車という密室でふたりきりになってしまった。中原に命令された以上、避けられない。

「左へ曲がってください。お願いします」

理由を告げず、クニオは静かな口調でくり返す。ついに収平は降参し、左折した。

「交通事故でもあったのか?」

幹線道路でもなければ、渋滞情報は入ってこない。

「いいえ。でも、前回とは違うんです」

「違う?」

「違うことが起こるんです」

「起こる?　予知能力かよ」

収平は鼻で笑ったが、クニオは怒らない。ただ、刺すようなまなざしを収平に向けただけだった。

「そんな能力、僕にはないって言ったでしょう?　それを知る技術があるだけです」

これまでのキャラクター設定はどこへやら?な豹変《ひょうへん》ぶりに、収平は笑いを引っ込める。これが本来のクニオなのか。可愛くない。こうなると、バカにしていた天然ボケが懐かしくさえ感じられる。

「言うとおりにすりゃいいんだろう……責任取れよ」

収平も頭ではわかっていた。あのスマートホンには現代にはないアプリが入っていて、タイムトンネルを出現させられる。いや、スマートホン型の「何か」というべきか。とにかく、この目で見たのだ。クニオ本人はともかく、あの技術は疑いようがない。

目的のホテルに近づき、少し離れた有料駐車場に入ろうとすると、またもクニオは収平に指示した。時間制限駐車区間に停めろという。

前回は車を降り、そばのカフェで調査対象が来るのを待った。セルフサービスタイプのカフェだったので精算に手間取ることなく店を出て、首尾《しゅび》よく撮影ができたのだ。だが、クニオは固持する。

「お願いですから、言うとおりにしてください。土方さんに協力したいから言ってるんです。確証はあります」

クニオが収平の腕を掴む。それでもまだ収平は逡巡《しゅんじゅん》する。

依頼人からの情報は、いつも多いわけではない。今回はかなり正確な情報を集めた上で依頼をしてくれた。自分で証拠写真を撮ることもできたはずだが、プロの腕を信じてくれたのだ。

料金を揃え、興信所に依頼したことを悟られないように暮らすのは、ストレスが溜まる。どんな未来を選ぼうと、依頼人の自由だ。ただ、少しでもストレスを減らす手伝いをしたい……そんな思いが収平の中にはある。それゆえ、失敗はしたくない。今日はバレていなくても、明日もそうだとは限らないのだ。

「ホテルが満室で、他へ移動します」

焦れたのか、クニオが言った。

「え？　ネットで見たのか？」

最近は部屋の空き情報をインターネットで確認し、スマートホンから予約することができるラブホテルも増えている。

収平の問いに、しかしクニオは首を横に振った。

「いいえ、そういうシステムは導入していません。見てきたから知ってるんです」

収平はハッとし、息を呑んだ。

「……お前……時間を……？」

クニオは黙ってうなずく。

「わかった」

収平はホテルの入り口が見える位置に車を停めた。そして、ボイスレコーダーに吹き込む。

「十月四日、十六時四十二分。場所、渋谷区T町。ホテル『カフェ・クリスティーナ』前の路上にて待機」

収平がクニオに目配せすると、クニオはホルダーにセットしてあるタブレットの地図の該当場所にマークを点けた。どの時刻にどういう経路で移動し、どの場所で調査対象を待ち、発見したか。これらを写真やビデオ映像と共に提供することで、調査結果の信頼性が上がるのだ。ストーカー犯罪や離婚案件では重要な証拠となるので、細かな記録は欠かせない。

事前にしっかり手順を教え込んだとはいえ、初日にしては、クニオの仕事ぶりはなかなかのものだった。たとえその落ち着きっぷりが未来予測の上に立っているとしても。

「ラブホテルなのに、店名がカフェって……面白いですね」

収平が暗所《あんしょ》撮影可能なビデオカメラを用意している間、ホテルの入り口を目視していたクニオが素朴な感想を口にした。

「領収証やポイントカード、メールを見られてもごまかせるからだろう」

「ああ、なるほど」

約三十分後、ホテルの駐車場に白いセダンが停まった。すでに空には夕闇《ゆうやみ》が下りているが、車種と番号で調査対象のものと確認できた。

「十月四日、十七時十四分。ホテル『カフェ・クリスティーナ』に調査対象の車を確認」

先に助手席から女性が降り、ホテルから少し離れる。続いて、運転席から男が降りた。男が、続いて周囲を気にしながら女がホテルへと入っていく。この一連の流れを、収平はビデオに収める。

「十七時十六分、ホテルにチェックイン」

ふたりは出てこない。クニオの予測は外れたが、チェックインの現場は押さえられた。

このままここで待ち、出てくるところを押さえられれば問題はない——と思っていると、すぐにふたりは出てきた。

「あっ」

再び車に乗り込む。

「十七時十八分、ホテルから出る」

収平はレコーダーに吹き込み、ビデオカメラを隣のクニオに渡した。「撮影を続けろ」と指示し、自分はいつでも車を出せるよう準備する。

ふたりがホテルへ入ったところだけでは、証拠としては弱い。実際、数分で出てきているので「道を聞いただけ」という言い逃れが通りそうだ。

車はなかなか動かない。今夜はここで別れるのか。あるいは別のホテルへ向かうため、車内で別のホテルを検索しているのか。別のホテルにチェックインしてもらえたほうが、こちらとしてはありがたい。

十分後、ようやく車が走り出した。収平はエンジンをかけ、後を追う。見失うかもしれないという不安はなかった。女性は主婦であり、母親でもある。自由な時間は少ないだろう。それほど離れたホテルへは向かわないはず、と踏んだのだ。

その読みどおり、十分も走らずに現れたホテルの駐車場へと吸い込まれていった。幸い、すぐ近くに停車ができて、ふたりが入口へ入っていくところを撮影できた。

今度は出てこなかった。少なくとも三十分は中にいるはずだ。あとは、ふたりが出てきたところの写真を撮れば終わる。時間や場所がバラバラでも、一緒にいる写真の数が多ければ、不貞の証拠になる。一度だけなら偶然や出来心で言い逃れできても、二度以上は意図的な裏切りだ。

「これで解決だな」

　ペットボトルの水を飲み、収平は一息ついた。

「この先は、弁護士にバトンタッチだ」

「そう……ですね」

　クニオはやり切れないといったふうに視線を落とした。

　入社直後、浮気調査の実情を知った所員らは大抵、クニオのような反応を示す。結婚という契約、温かい家庭、愛する子ども……それらを裏切るのは極悪人《ごくあくにん》ではない。ごく普通の人々だ。

　その数の多さに打ちのめされ、一度は人間不信に陥る。珍しいことではない。だが、やがて慣れ、淡々と職務をこなすようになる。

「気にするな。お前のせいじゃないし、俺のせいでもない」

「わかってます」

　収平は話題を変える。

「今日の流れ……見てきたのか――例のトンネルをくぐって。だから左折にこだわったのか」

　クニオは何も答えない。

「そこまでして……どうしても、俺と例の話がしたいの？」

「理解してほしいなんて思ってません。僕だって逆の立場になったら、土方さんと同じ反応を示したと思いますから。ただ……」

「協力、か？」

ここでようやく、クニオの瞳に表情らしきものが浮かんだ。怒りでも落胆《らくたん》でもなく、悲しみ……淋しさに思えた。

「はい」

「俺に何ができるってんだよ」

収平は深く息をつく。

「しがない探偵もどきに――」

「誰にでもできることなら、あなたには頼んでいません」

すがりつくようにクニオは言った。

尾行を開始してからずっと冷めた態度を取り続けられたせいか、収平は少し安堵する。アンドロイドのクニオから、血の通ったクニオに戻った気がしたのだ。

「あなたにしかできないことをお願いしたいんです。最初は……たまたまあなただったのかなと思いました」

「……おい、ずいぶんな言い草だな」

「でも、違いました。やっぱり……あなたが僕のミッションの鍵なんです」

おだてには乗らないと思っていたが、その気になりかけている自分がいる。

「興信所の仕事は、人助けですよね？」

「別に……ただの仕事だ。感情移入しすぎるとミスを招くし、気持ちの面で裏切られることもある」

「わかります。でもやっぱり、力を必要とする人が多いからこそ成立する仕事です。そして、土方さんはエースです」

「お世辞《せじ》はいい」

「本心です！」

ムキになってクニオは言った。

「エースですけど、素直じゃないのはよくないです。僕は……素直に助けを求めてるんです」

リスの目が潤《うる》む。

「わかったよ……認める。俺は有能だ」

クニオはうなずいた。

「ただ……あんな科学技術があるのに、俺の力が要るのか？　もったいぶってるわけじゃない。不思議なだけだ」

「便利な道具があっても、使うのは人間、動くのは人間――さっきそう言ったじゃないですか」

――やられた。

「そんな顔しないでください。正しいなと思っただけです」

クニオはいつもの笑みを収平に見せた。鬱陶しいはずのその笑顔が胸に染みる。どうやら、いつの間にか「あって当然」のアイテムになっていたらしい。

「いつの時代でも、そこは変わらないんだなと思ったんです。進歩も衰退《すいたい》も、人が起こすものです」

収平は観念した。もう、断るのも面倒だ。きっと未来の人間が俺を「伝説の救世主だ」と崇《あが》めることはないだろう。それでも……死ぬまでに一度ぐらい、ヒーローまがいのことをやってみるのも悪くない。

「内容次第だが……今回の件では借りがある」

窓の先にあるラブホテルを指差した。クニオは首を横に振る。

「今日のことは関係ありません。本当に力になりたい、と思ったからやったまでのことです。しかも自分の足で稼いだ情報じゃなくて、ズルしたようなものだし……」

どうかな、と収平は勘ぐる。

いくら時代が違うとはいえ、こんなミッションを遂行《すいこう》するために過去へやってきたのだ。見かけほど柔《やわ》では務まらないだろう。可愛い顔の下にはしたたかさとタフなメンタルを隠し持っているはずだ。

「手段はどうでもいい。大切なのは結果だ」

「そう言ってもらえると安心します」

「だから、他の案件もタイムトラベルで解決してくれると助かるな」

意地悪《いじわる》く言ってみる。もちろん冗談《じょうだん》だ。

「……さっきのは嘘です。貸しを作りたくてやりました」

収平を軽蔑《けいべつ》するような顔つきで、クニオは答えた。

「土方さんは現金な人ですから、コロッといくだろうと思って」

「な……」

ぷっ、と噴き出す。

可愛いじゃないか——そう思った自分に、収平はやや狼狽する。

「冗談です」

「からかうな」

「そっちが先にからかったんじゃないですか！」

車内に響く笑い声が、耳に心地いい。

「お互いさまだな」

「はい」

好みのタイプではないが――リスは可愛い生き物だ。それだけは確かだ。

「とりあえず、詳しく話を聞こう。この山を片づけたらな」

「ありがとうございま――あ、出てきました」

クニオの指摘に、収平はビデオカメラを窓の外へ向けた。

◆◆◆◆◆

（……見てきたのか――トンネルをくぐって）

違うよ。体験したんだよ。

一度目は、尾行に同行させてもらえるほど仕事を任せてもらえなかったから、肝心のミッションに口を出せなかった。だからこの展開は、一度目では目の当たりにしていない。

二度目では、所長に上手く取り入って、尾行は体験できた。でも、土方さんが失敗した。

最終的に、このふたりの浮気の現場は掴んだけど、僕に対する信頼は一度目のまま。それじゃ、協力は得られない。だから、わざとコリドーを見せ、未来から来たことを打ち明けた。今日のことは、そのダメ押し。

（あなたにしかできないことをお願いしたいんです）
これは本音。
協力を得られそうでよかった。
それ以上に、信じてもらえたことが嬉しい。嬉しくて、辛い。
いろんな話ができて、土方さんの話を聞けて、僕の話も聞いてもらえて……任務なんて
もう、どうでもいいって思いたくなる。
僕が産まれるのは、土方さんが死んでから、ずっとずっと後のことだ。今、楽しければ
……そんなふうに思ってしまう。
ダメだ、任務に集中しなくちゃ。人類の存続がかかってるんだから。

5

「私のことは気にしないで、どんどん食べて、飲んでいいのよ」

生ビールの中ジョッキを置き、沙希は向かいに座っているクニオと収平に言った。

「明日は休みだし……」

終業後、三人は事務所近くの焼き鳥屋にいた。

収平とクニオがタッグを組んだ浮気調査の結果は昨日、無事に依頼人——不倫男の妻へと渡った。妻は予想どおり、その場で弁護士に離婚訴訟《そしょう》を依頼した。中原リサーチの仕事はここまで。クニオは初めてとは思えないほど正確に仕事をこなし、中原や他の所員からも誉められた。めでたしめでたし。

というわけで今夜、クニオの尾行デビューも兼ね、慰労会《いろうかい》を開くことになった。しかし、沙希は家で夫と子どもたちが待っているので、ビールは乾杯《かんぱい》の一杯だけにするという。収平とクニオもそれに合わせたのだ。

「いいんです。俺はこの後、野暮用があるんで」

収平は意味深な笑みを浮かべる。

実は沙希が帰った後、収平はクニオと話しあうことになっていた。アルコールを控えるのは、実はそういう理由からだった。

「あらあら……ほどほどにしておきなさいよ」

何か艶《つや》っぽいことを想像したのか、沙希が釘を刺す。

「興信所の調査員が調査対象になる……なんて、シャレにならないことはやめてよね」

腕が立つ反面、ややもすれば強引、傲慢が行き過ぎる収平を沙希はいつも心配し、世話を焼いてくれる。歳はひと回り上で、たまに「お姉さん」と呼んだりするが、精神的には母親に近いかもしれない。

「大丈夫ですよ、既婚者には手を出しませんから」

沙希は「本当かしら」と眉をひそめ、枝豆を摘まんでいたクニオに話しかける。

「この人、こう見えてモテるのよ」

「こう見えて、って……」

収平が抗議の声を上げると、クニオはうなずいた。

「わかります。土方さん、ワイルドですから。ちょっと悪い感じの男を好きな女性は多いと思います」

「おい、誉め言葉になってねえぞ」

あはは……と笑いが弾けるテーブルに、女性の店員が焼き鳥と山盛りのシーザーサラダを運んできた。

「お待たせしました」

初めて見る顔だった。若く見えるが、二十代後半だろう。手つきがたどたどしく、表情も硬い。

「あ、ありがとう。あら、新しい人ね」

「はい」

「大学生?」

「いえ……」

気さくに話しかける沙希に、女性は目を伏せた。接客に慣れていないのか、緊張が伝わる。

「頑張ってね」

女性は小声でありがとうございますと答え、そそくさと行ってしまった。

収平はその間、女性の顔を観察していた。もちろん気づかれないようにだ。目、耳の形、鼻筋……見覚えがある。

「私は星野くんみたいな男性が好きだなあ。王子様みたいだもの。まあ、おばさんに言われても嬉しくないだろうけど……」

沙希は話をクニオに戻す。誉めるのが上手い。

「え、そんなことないですよ！　嬉しいです」

そう言いながら、クニオは三つの取り皿にサラダを分けていく。そつがない。未来の飲み会でも、最年少者がこういう役目を果たすのか。現代の日本に合わせているだけか。それとも、これが本来の彼の姿なのか。

「笑顔がいいのよね。会社に来るお客さんはみんな、悩みを抱えてるし、緊張してる。星野くんの笑顔で、リラックスできる人は多いと思うのよ」

「……ありがとうございます」

クニオがはにかむ。

「でも、僕は土方さんみたいな男になりたいです」

サラダを盛った皿を差し出し、クニオは言った。

「お世辞言っても、出せるもんは舌ぐらいしかねえぞ」

「お世辞じゃないですよー」

家に訪ねてきて以来、収平は様々なクニオの表情を目にした。どこまでが演技で、どこからが素のクニオなのか、よくわからない。だが最近は、暗く沈んだ顔よりも笑顔のほうがいいと思うようになってきた。そんな自分の変化に、収平自身が一番驚いていた。

「今日の夫婦、すんなり片が付きそうだね」

ビールを飲み、収平が言った。

「すんなり……ですか？」

クニオの問いかけに、沙希は頭を左右に振る。

「土方くんが言う『すんなり』は離婚って意味よ。ほんの少しでも有罪の証拠が出たら、結婚生活は終わらせたほうがいいっていうのがこの人の持論なの」

「ああ……」

「執行猶予《しっこうゆうよ》なんていらないでしょう。即実刑《じっけい》ですよ」

収平は言い放ち、つくねにかぶりつく。

「でも、他の人にはわからない事情とか――」

「他人にわからない事情なら、自分たちで解決すればいいんだ。調査会社で証拠集めなんかせず、弁護士に頼らずにな」

「それができたら、うちの会社なんか存在しないわよね」

もっともな沙希の指摘に、クニオは苦笑いを浮かべてうなずいた。

「あはは……」

「そういえば、今朝のワイドショーで観たんだけどさ……」

沙希が俳優の不倫騒動を持ち出した。収平はスマートホンを手に、立ち上がる。

「ちょっと外します」

「仕事ですか？」とクニオ。

「いや、野暮用」

収平はそのまま店の外へ出て、インターネットの「行方不明者捜索支援サイト」ページを開いた。そういった団体はいくつかあるが、さっきの店員に似た女性の写真がどこに出ていたか、収平は記憶している。

誰に教えられたわけでもないのに、顔を覚えるのは得意だった。この仕事に就いてからは意識的に訓練をし、精度は飛躍《ひやくてき》的に上がった。

人は他人の容姿を「大まか」に認識している。記憶というより、それは思い込みだ。親しくても「身長」「髪型」「目の色」という目立つアイテムを変えると、すぐそばに近寄っても気づかない……ということは多い。収平は人の顔を、パーツに分けて記憶する。それを脳の中で、コンピュータのように組み合わせられるのだ。

「女性」「二十代」という検索を経て、現れた顔写真を流し見する。すぐに、あの店員が見つかった。間違いない。

収平は情報提供ページに店の名、電話番号を書き込み、送信した。

「お待たせしました」

収平が戻ると、沙希がやや呆れ顔で聞いた。

「もしかして……さっきの彼女？」

収平はうなずく。クニオは首を傾げた。

「……なんですか？」

「人捜しの手伝いよ。この人、見つけるのが得意だから。失踪人サイトのサポーターやってるの。表彰されてもいいぐらいよ」

クニオの目が輝いた。

「へえ……」

収平はそっけなく返す。

「表彰って、どこから？　指名手配犯じゃないから、警察には関係ないですよ。ボランティアだし……仕事に結びつくかもしれないからやってるだけです」

「また、そんな……謙遜《けんそん》しなくてもいいのに……ねえ？」

「はい。素晴らしいです」

ふたりから信頼と称賛《しょうさん》の目を向けられ、収平はビールを呷った。


一時間後、クニオは収平の家の居間で淋しそうに言った。

「今日もいないんですね、クリームちゃん……」

「いや、いるにはいるんだが……」

クリームはいつも、門を開ける音で収平を出迎えに玄関まで来る。今日もそうだった。ドアを開けたとき、すき間から姿がちらっと見えた。ところが、クニオの気配を察知するや否や、二階へすっ飛んでいってしまったのだ。

クニオが帰るまで、きっと降りてこないだろう。しかし、二階にもトイレ、爪とぎ、水を用意してある。毛布を敷いた段ボール箱もある。風呂場に閉じ込めるよりはマシだ。

「仕方ないです。きっと、わかってるんですよね……僕が、ここにはいないはずの存在だってこと。賢いなあ」

心底残念そうにクニオはつぶやく。

「どうかな……まあ、相性もあるから気にするな」

どう慰めていいかわからず、収平はクニオの前に湯呑《ゆの》み茶碗《ぢゃわん》を置いた。ほうじ茶の香ばしい匂いが漂う。

「ありがとうございます、いただきます」

ふうふう……と息をかけて冷まし、クニオはほうじ茶をすすった。

「美味しい……」

「酒の後は特にな」

言ってから、それが父親の口癖だったと気づき、複雑な気分になる。

「土方さんは……潔癖《けっぺき》なんですね」

茶碗を持ったまま、クニオが言った。収平は部屋を見回す。

「そうか？　猫がいるからかな。猫はキレイ好きだから、部屋の掃除もマメに――」

「いえ、部屋のことじゃなくて……結婚についてです。執行猶予なし、って」

「ああ、それか。個人的な考えだ。押しつけるつもりはない」

「それから……優しいと思いました。あの、失踪人サイトのこと……」

「優しくなければ、生きている資格はない――ってな。探偵はそういうもんだ」

「ええと……あ、チャンドラーの小説の一文ですね」

クニオは少し考えてから言った。未来の技術でインストールされた情報の中から、古典の知識を引っ張り出したようだ。

「優しいのかどうかはわからん。お節介かもしれない。記憶力を試したくて、自己満足でやってるようなところもあるからな」

「しない善より、する偽善《ぎぜん》――とも言います」

「そんなもんもインストールされてるのか？」

「ツイッターで知りました」

「なんだ」

ふふっとクニオは笑った。

「姿を消す人間に、何があったのかはわからない。逃げたくなる環境にいたのかもしれない。この先、どうなるのかも知らない。ただ、捜している人間は、彼女の居場所を知る権利がある。そして、彼女にも知る権利がある。捜している人間がいるということをな」

「僕は……あの……やっぱり……」

何か言いかけ、クニオはやめた。そして、こう続けた。

「金谷さんから聞きました。土方さんの家のこと……」

収平の顔色を探るようにクニオが見つめる。

「ご両親、なかなか離婚されなかったって」

「いいさ、隠してない」と収平はあぐらをかいた。

「悩むなとは言わないが、大抵の場合、悩み始めた時点で答えはもう決まってる。再スタートを先延ばしにするだけだ。悩む日々を過ごすなんて、人生がもったいないだろう。人生は無限じゃないんだ。やり直すなら、早いに越したことはない」

「やり直すなら……そうですね……」

「自分だけが我慢すればなんとかなると考えて、悩みを抱え込む人間は少なくないが、そんなことはないと俺は思ってる。ネガティブな感情は、口にしなくても周囲には伝わる。影響する。似た感情を引き寄せ、増幅《ぞうふく》させる。いいことなんて、ひとつもねえよ」

吐き捨てるように言った。クニオは黙っている。

「ほらな。これだけでもどんよりする。だから、この話は終わりだ。それより、お前の相談だ。俺にしか協力できない任務があるんだろう?」

「はい、でも、今の話と無関係じゃないんです」

「……どういう意味だ?」

湯呑みを置き、クニオは居住《いず》まいを正した。

「任務というのは、福田さんご夫妻を離婚させない、というものなんです」

収平はぽかん、とした。

「……は?」

五百年後の未来、人類存亡の危機、タイムトラベル――壮大《そうだい》な前振りの果てに待っていたオチに、収平は言葉を失う。

「その反応は無理もありません。でも、これから話すことを、どうかよく聞いてください。重要なのは、子孫なんです」

「子孫?」

クニオは強くうなずいた。

「疫病が流行ったという話、覚えていますか?」

「……ああ、なんとなく」

歴史を遡れば、疫病は何度も流行り、多くの人間を死に追いやった。だが、クニオの話が真実なら、そのどれよりも強力な伝染性と致死性を持つという。

通称、毒《ポイズン》。他に言い表し様がないので、そう呼ばれた。その単純さから、被害の大きさ、猛威《もうい》の残酷《ざんこく》さが窺える――と言いたいところだが、やはり収平にはピンとこない。

「そのワクチンを開発するのが、彼らの直系の子孫であるドクター・智和《ちわ》・ナタリア・グリーソンなんです」

「つまり……あのふたりの間に子どもを作らせるってのが……任務？」

「はい。智里さんのお腹には、いずれお子さんが宿ります」

収平は眉をひそめた。

「妊娠してるなんて話、打ち合わせじゃ出なかったぞ。だから離婚も考えてるって――」

「彼女はまだ知りません。未来の話です。でも、離婚してしまったら……」

「つまりそれは……今の旦那との間の子どもなんだな？」

クニオは「はい」と首を縦に振った。

「そこがもっとも重要なポイントです。なぜなら……その子の子孫は全員、幸せな結婚生活を送るからです。ふたりの絆《きずな》は子どもたちに語り継がれ、彼らの精神の大きな支柱となりました。そしてそれが、グリーソン博士を偉大《いだい》な発見へと導《みちび》くんです」

「そんな……」

バカげていると言いかけると、クニオはスマートホンを取り出した。

画面に写っているのは、白髪交じりの女性だった。東洋と西洋の血が混じっているのか、エキゾチックな容貌《ようぼう》の持ち主だ。何かの授賞式会場の壇上におり、盛大《せいだい》な拍手と歓声が彼女を包む。

『……ありがとう、みなさん。失われた多くの命に思いを馳《は》せるとき、この栄誉《えいよ》を手放しで喜ぶ気持ちにはなれません』

スピーチは英語だったが、日本語の字幕がついていた。

『しかしながら、生き延びた我々は愛を携《たずさ》え、絆を胸に、前へ進んでいくよりないのです。愛と絆……私の一族が何よりも大切にしてきたものです。そんなものがあっても、運命や死は避けられない……そう思われるかもしれません。けれど、それなしに他者への尊敬、信頼や友情、連帯は育まれないのです――』

スピーチは続く。しかし、クニオは動画を停止した。

「智和……彼女の名の由来、わかりますよね？」

収平はハッとした。

「和彦と智里……」

クニオの説明によれば、未熟児《みじゅくじ》として生まれたドクター・グリーソンを案じ、両親は祖先の名を一文字ずつ取ってつけたそうだ。

「つまり、智里さんから生まれる、というだけでは不十分なんです。あのふたりの間で愛情を受けて育つこと、成長すること……それがすべての始まりとなって、ここへつながるんです」

　クニオは神妙な面持ちで、智和の画像を見つめる。その瞳が潤む。

「それはわかった。いや、わからないが、そういうことでいい。でも、それならなおさら俺には関係ないだろう」

「土方さんはこれまで何度も、同じ危機に面した夫婦に離婚を勧めたと聞いています」

　淡々とした口調の中に非難《ひなん》を感じ、収平はムッとした。

「誰がそんな——」

「所長と金谷さんです。他の所員のみなさんもうなずいていました。執行猶予なしの実刑——それがふさわしいって言いましたよね？」

　冷血漢よばわりされた気がして、ショックだった。聖人君子を気取るつもりはないが、収平はちゃぶ台に身を乗り出して反論する。

「ちょっと待て、俺は……確かにさっき言ったことは本心だが、圧力をかけたり、押しつけたりはしてないぞ！」

「口にしなくても周囲には伝わる、影響するとも言ってましたよ」

「だから、それは——」

「責めてるんじゃありません。誤解させたなら謝ります。土方さんには強い力がある……

そう言いたいだけなんです。それが土方さんに協力を求める最大の理由です。僕ひとりでどうにかできるなら、そうしてます」

クニオの静かな声に、収平は爆発しそうになった気持ちを抑えた。そして、必死に頭の中を整理しようと努める。

「ちょっと待てよ……その博士の発明が歴史として残っているなら、あの夫婦が離婚しそうだってことが、前に言ってた歪みなのか?」

「そうです」

「それでお前は、ピンポイントでうちの事務所に来たわけか……」

クニオはうなずく。

「綿密《めんみつ》な調査と計画の下に、僕らはあらゆる時代のあらゆる場所へ飛ばされます。歪みが最小で済む修正が最善だからです。もう少し前の時間へ飛んで、和彦さんの浮気を未然に防ぐという計画も講じられました。その場合、智里さんが事故に遭う——という形で歪みが生じることが判明したんです」

「えっ! それは……それだけ聞くと、浮気のほうがマシに思えるな」

怪我の具合によっては、妊娠、出産が難しくなるかもしれない。

「トラベルで何度もやり直すほうが簡単に思えるでしょうが、それはそれで、僕らの身体にも影響が出てしまいます。それよりも、短期間で一気呵成《いっきかせい》に終わらせるほうがいいんです」

調査仕事に似ている、と収平は思った。時間をかけて延々と尾行するより、事前の下調べをしっかりして、一気に勝負をかけるほうが成功率は高い。

「ここしかない……ってわけか」

筋書きはわかったが、収平は恐ろしさを感じた。人類の未来のため、離婚を防ぐ――それだけ聞けば、少しの努力でできそうに思えるが、神の領域に足を踏み込むことにならないのだろうか。

「……やっぱり、飲みたい気分だ」

収平は立ち上がった。

「お前もつきあえ。いいだろう？」

「はい」

冷蔵庫から缶ビールを取り出し、居間へ戻った。

「楽にしろよ」

「ありがとうございます」

収平がしっかり話を聞くつもりになったのが嬉しいのか、クニオは上着を脱ぎ、座布団の上で足を崩した。

「未来にもアルコールはあるのか？」

「ありますよ」

「へえ……中毒性のある刺激物は、一度発見されたらなくならないんだな」

ちゃぶ台に新聞紙を広げ、そこに柿の種、さきいか、サラミなどを出す。

「でも、こういうツマミと呼ばれるものはないです。いいですね」

「ツマミなしで飲むのか？　まあ、酒好きなら問題ないが……」

「成分だけ抽出して、アルコールに混ぜてあるんです」

収平は顔をしかめた。

「……まずそうだな」

クニオは笑った。

「口に入れれば、味覚機能に反応するようにできてます。だから、味は別々にちゃんと感じます。ただ、歯応えを楽しむのは初めてなので……これ、好きです」

ぽりぽりと柿の種を齧る様は、菓子を喜ぶ子どものようだ。

「合理的なのはいいが、肉体は退化しないのか？」

「そこも考えられてますよ。合理化と娯楽の概念《がいねん》が、ここことは違うんです。二十一世紀と十七世紀で常識や感覚が異なるようなものです」

「セックスは？」

男として、そこは大いに気になる。

「普通に……しますよ。一番違うのは、快楽《かいらく》が奨励《しょうれい》されてる点だと思います」

「お、いいじゃないか」

単純に喜ぶ収平の前で、クニオは視線を落とした。

「そうでもありませんよ……裏を返せば、生殖行為《せいしょくこうい》に厳密《げんみつ》なルールが適用されるってことですから。遺伝子のマッチングが悪い場合、セックスはできても、子作りは違法になるんです」

「……え？　どういう……？」

クニオはビールをぐいっと飲み、何かを思い出そうと首を傾げた。そして、面倒くさそうに話し出す。

「ええと……説明してもいいんですけど……一言で言うのが難しいんです。多分、百三十四年前のマニュエル連邦病院ＤＮＡ破壊事件から始めないと……いや、その前年の――」

「ああ、もういい！　ものすごく興味はあるが、長そうだ」

収平は手を振って遮り、さきいかを口に放り込んだ。

「快楽奨励……ってことは、ポルノなんかはあるわけだ。ＡＶグッズとか、デリヘルとか……」

タイムトンネルがどこにでも作れる未来で快楽奨励――さぞかしすごいことになってい

るだろうと思わずにいられない。ただ、想像力に限界があり、何がどうすごいのか、収平には思いつかない。

確か二〇三〇年代を舞台にしたSF映画では、あらゆる体液交換が「不潔」として禁止されていた。そこでは、代替《だいたい》行為となるバーチャルセックスが登場する。

「こっちで言うところのバーチャルみたいなものはありますよ」

「やっぱり！」

身を乗り出した収平を見て、クニオは素直にうなずく。見下す様子はない。クニオがいる世界では当たり前なのだろう。

「店で売ってます」

「……エロい映像の中に入れるマシンとか？　タイムトンネルがあるぐらいだ、そんなのは簡単そうだな」

「マシンじゃなくて、目薬です」

「……目薬？」

収平は小さなものを摘まみ、顔の上に掲《かか》げるジェスチャーをする。

「それです。目に点《さ》すだけでいいんです。ＰＤといいます」

「ＰＤ？」

「パラフィリア・ドロップの略です」

「パラ……なんだって？」

ドロップは「滴《しずく》」だ。それぐらいはわかる。パラフィリア……スマートホンで翻訳する。

「性的倒錯《せいてきとうさく》……」

「この世界では、偏った意味で使われてるみたいですけど……僕らがいる時代ではセックスと同義語です」

「目薬か……簡単だな。子どもも買えそうじゃないか。年齢制限はあるのか？」

「子どもは買いません。十八歳以下の子どもが体内に入れても、何も起こらない仕様になってるので、意味がないんです」

「はー……なるほど」

収平は感心する。

「お前は使ったことはあるのか？」

「もちろん」

クニオは平然と答えた。そして、早くも二本目のビールに突入する。

「何百種類もあるんですよ。違うものを混ぜて好みの快楽を作る人もいるし、そういうキットも売ってます。裏ルートで、刺激の強いものも売ってますけど……危ないので違法です」

「ふうん……じゃ、生身のセックスは？」

それまで動じることなく説明していたクニオの頬が赤くなった。

「え……もしかして、童貞《どうてい》？」

「じ、時代が違うので、経験がなくても別に――」

「はー……そうか、おかしくないんだな」

他意はなく、思ったことを口にしただけなのだが、クニオの顔はますます赤くなった。

「あ、あの！　生殖に直結する行為は危険なんです！　だから経験がなくても――」

「わかってるって。そうムキになるなよ」

反応が可愛くて、収平はつい笑ってしまった。クニオは珍しく抵抗を続ける。

「この時代のセオリーとは違うんです！」

「わかった、わかった。それでどんな……女の子が好きなんだ？」

「どんなプレイ」と聞きそうになり、慌てて修正する。

「恋愛はいいんだろう？」

いい感じに酔いが回ってきた収平は脚を伸ばし、茶箪笥にもたれかかる。

「それは、まあ……」

「お前、コレクターだよな。特殊任務だから、金はあるんだろう。金があって、その顔ならモテるんじゃないのか？」

そこで収平は、クニオが自分の任務を「工作員みたいなもの」と言っていたことを思い出した。工作員や潜入捜査官は、家族や周囲の人間に仕事を隠す。自らバラすのはジェームズ・ボンドぐらいだが、あれは完全な創作《そうさく》だ。

「それとも、仕事柄、素性が明かせないから目薬オンリーなのか?」

収平の指摘を受けたクニオはうつむいた。顔から赤味が消える。

「違います。あの……嘘です」

「嘘? 何が?」

「生殖行為は危険……の部分です。僕は……関係ないから」

「どういう意味だ? 濁されても察することができないんだ、はっきり言ってくれ。別に童貞でも恥ずかしくなんかないぞ」

「僕、生殖機能の部分を切除してるので、セックスしても、相手が妊娠することはないんです」

「切除……?」

言葉から受ける痛みに収平は思わず投げ出した脚を引っ込め、膝を抱え込んだ。

「ああ、性器はあります。勃起も射精もします。パイプカットみたいな処置を施したってことです」

収平はホッとした。そのせいで、具体的な単語がクニオの口から出たことはあまり気にならなかった。

「なんだ……脅かすなよ。どうしてそんなことを？　もしかして、別の時代でうっかり子作りでもしたらまずいからか？　いくら任務でもそこまで……」

言いながら、安堵が恐怖に変化する。

「あの……工作員みたいって言いましたけど、コレクターはエリートってわけじゃないんです。もちろん、望んで志願する人もいますけど、大抵が孤児の中から選ばれるんです——僕みたいに」

「孤児……？」

クニオはうなずいた。

「万が一、任務に失敗しても、家族がいないと歪みが生じる確率は少なくなります。悲しむ人間がいませんから。切除も強制じゃなくて、選択は自由です。でも、そのほうが……成功報酬《せいこうほうしゅう》は多いんです」

任務の内容にもよるが、「生殖機能を切除」した「孤児」がもっとも多くの報酬を受け取れるという。

「報酬に惹かれて、孤児だって偽《いつわ》る人間もいます。管理が行き届いているので、バレますけどね」

コレクターになるには厳しい訓練が必要だが、たった一回の任務で、一生遊んで暮らすのに十分な金を得られるため、志願者は少なくない。ロボットで代用できそうなものだが、複雑な対応が求められるので、やはり人間がいいらしい。

「リピーターはいるのか？」

「基本的には一度きりです。有能なコレクターには、政府から依頼が入ります。それとは別に何度もやりたがる人もいますけど、身体に負担がかかるので……」

収平は実は、あまり驚かなかった。どんなことをしてでも金を手に入れたい、という人間は今の世にもいる。世界のどこかで、肉体や命と引き換えに金を得る人間が。

「なんていうか……軽蔑する人もいるんです、この仕事」

「え？」

「実際の暮らしにどういう見返りがあるのか、ちょっとわかりづらいし、報酬は税金から出るので。それに、人を使い捨てにするみたいな印象があるから、システムそのものを批判する団体も――」

「俺はお前を軽蔑しないし、非難もしない」

収平は強く言った。

どんな時代にも、そこに生きる人々の苦しみがある。生まれる場所、境遇《きょうぐう》は選べない。生き方の強要《きょうよう》もできない。

「お前が選んだ生き方だ。他人がどうこう言うことじゃないだろう」

「収平さん……」

「そりゃ、不安や悩みのない暮らしのほうがいいに決まってる。後ろめたい部分のない仕事だけで成り立つ社会のほうがいいさ。でも、何かをひとつ解決すれば、新しい問題が出る。今より五百年前もそうだったんだろうし、今から五百年後もそうなんだとわかったら……少し安心した」

収平は小さく笑い、温くなったビールを飲んだ。

「人はずっとアホじゃないし、完全な利口《りこう》にもならない。ロボットみたいにはならないんだと思ったら、親近感《しんきんかん》が湧く」

クニオも笑った。

「いつのときも、可能な限り、自分に正直に生きる……それしかないと俺は思う」

「だから……結婚生活を裏切られた人に離婚を勧めるんですね」

「言ってみるだけだ。決断するのは当人だからな。人生に正解なんてない。ただ、選択肢を知っているのと、知らずにそのまま耐え続けるのじゃ、大違いだからな」

「知っているのと知らないのと……そうですね……」

何か、思い当たることがあるのか、クニオは少し遠い目をした。

「でも……恋愛はしろよ。悪くないぞ」

収平に視線を戻したクニオの顔は輝いていた。

「はい……いつか、きっと……」

気がつくと、クニオの前には空の缶が五本も転がっていた。

「お前、強いんだな」

事務所のメンバーで飲み会は何度か催《もよお》したが、クニオが顔色を変えたところは見たことがない。上機嫌で「酔った」「もう飲めない」とは言っていたが……。

「こっちへ来る前に、薬を打たれるんです。ほら、現代では海外へ行く前に予防注射をしますよね。あれと同じです。アレルギーなんかで倒れたり、酔って意識を失うと困りますから」

「へえ……半永久的に効くのか？」

「いいえ。ひとつの任務は、三ヵ月から半年以内に終わらせなければいけないので」

缶ビールを持つ収平の手が止まった。あまりにも当たり前で、簡単な考えに突然、思い至ったからだ。

「そうか、終わらせて……未来へ戻るんだな」

「そうですね。実家へ帰るとか、海外へ行くとか……適当な言い訳をして消えます」

残された時間は短い。

「じゃ、無事に任務が終わって、戻ったら……金もらって、脱童貞しろよ」

他にもっと、気の利いたことが言えないのかよ――収平は自分に腹が立った。いや、腹立たしいんじゃない。気づいちまった。別れるのが嫌なんだ、俺は。

「そうですね」

クニオは目を伏せ、ビールを飲んだ。心なしか、クニオも淋しそうに見える。そう思いたいだけか。

「まだ飲むか?」

「僕は大丈夫ですよ! 収平さんさえよければ……収平さんとしゃべるの、すごく楽しいから……」

クニオは平気らしいが、俺は酔ったのかもしれない。クニオがやけに可愛く見える。いや、可愛いことはとっくに知っている。遠い時代からやってきて、見知らぬ世界で、たったひとり奮闘しているこいつが愛おしいんだ。

「……じゃ、ウイスキーに変えるか」

収平は立ち上がった。


気がつくと、天井《てんじょう》が見えた。まぶしさに目が痛む。

「ん……」

身体のあちこちも痛い。

どうにか半身を起こすと、場所は居間だった。ちゃぶ台の上にはウイスキーの空のボトル、水が残るグラスなどがそのままになっていた。

隣には、座布団を枕代わりにしたクニオが横たわっていた。タオルケットを半分ずつ使っていたようだが、そんなものはもともと居間にない。奥の押し入れから運んできたのだろうが、記憶にない。

レースのカーテン越しに見える空は、まだ暗かった。時計は五時を過ぎたところだ。

にゃーん……という声が聞こえた。二階のクリームだ。

収平は起き上がった。頭も痛む。今日は久しぶりの二日酔い、決定だ。

居間を出て、廊下から階段を見上げると一番上にクリームがいた。短く鳴く。放っておかれて怒っているらしい。

「……ごめん、ごめん……」

収平はゆっくりと段を上がり、頭を撫でた。それからトイレの砂を替え、新しい水と餌をいつもより多めに出してやった。

「もうちょっと、ここにいてな」と言い残し、階段を降りる。

居間へ戻ると、クニオの寝姿がさっきと変わっていた。寝返りを打ったらしい。

収平はあくびをし、再び隣に寝転がった。なんとなく、クニオの寝顔を見つめる。

睫が長い。肌は白く、きれいだ。人差し指で、そっと頬に触れてみる。柔らかい。

この皮膚の下は、細かな電気配線がびっしり埋め込まれていたりして……ＡＩ搭載のアンドロイドだったりして……少ないＳＦの知識を総動員する。だが、どこまでも人間に近いアンドロイドなら、それはもう人間と変わらないのではないか。

収平は顔を近づける。静かな寝息が伝わってくる。

昨夜聞いた、クニオの不遇の人生がよみがえった。親もなく、生きるために肉体を弄らせ、見たこともない過去にたったひとりでやってきた……そのいじらしさ、健気《けなげ》さ、淋しさに胸がいっぱいになる。

好みのタイプではない。それどころか、少し前まで鬱陶しく思っていた。ミスやドジを笑顔でごまかそうとする、ちゃっかりした奴なんじゃないかと。

確かに、笑顔の下に様々な事情を隠していた。能《のう》ある鷹《たか》だったのだ。しかし、境遇や抱えているものを知れば知るほど、どうにかしてやりたくなる。

恋は何度もした。欲望や執着心の虜《とりこ》になったことも一度や二度ではない。だが、これほど愛おしく思い、救いたいと感じたことはなかった。

どこから来たのだとしても、今、ここにいるこいつは生きている。生きて、俺のそばで無防備に眠っている……俺を信じて……。

収平は覆い被さるようにして、クニオの頬にキスをしてしまった。感情を抑え切れなかったのだ。

クニオの呼吸が一瞬、止まったような気がした。

「いや……まずいだろう……俺……」

収平は思わずつぶやく。しかし視線を逸らすことができず、クニオの姿を眺め続けた。

◆◆◆◆◆

キス、された。

好きになっちゃいけない人から、キス、された。

親愛のキス、友情のキスは経験がある。でも、あれは……どれとも違った。もちろん、PDで経験したキスとも比べ物にならない。

どうしよう。寝ているフリをしたけど、気づかれたかも。心臓の音が聞こえちゃったかも。

どうしよう。

僕を……好きになってくれたの？

そんなの、予定に入ってない。一度目も二度目も、そんな兆候《ちょうこう》はなかったのに。

どうしよう。
どうすればいい？

6

洒落たカフェの周囲を覆う木の陰を離れた収平は、ビデオカメラを片手にワゴン車に乗り込んだ。運転席にいたクニオが尋ねる。

「……撮れましたか?」

「ああ」

夕方、中原リサーチのワゴン車は都心のホテルの近くに停まっていた。仕事を終えた福田和彦が部下の女性と中へ入っていく場面を押さえるためだ。

智里が見たラインのおかげで、場所の特定は予《あらかじ》めできていた。労せず現場の映像の撮影に成功。楽な案件だ。あとは出てくるところを撮り、同じパターンを二、三回確認できれば調査は終わる。

「……なんだ、浮かない顔だな」

ハンドルに手を置き、ぼんやりと前を見ているクニオに収平は声をかける。

「なんとなく……心のどこかで勘違いであってほしいと思ってたんです」

「旦那の浮気を？」

クニオはうなずく。

「この間、見せた博士のスピーチ……すごく有名なんです。大きな災害や事件で人が沢山亡くなったとき、よく引用されるんですよ。僕は家族がいないから体感しにくいけど、それでも……勇気が出るっていうか……単純ですよね」

だからあの映像を見たとき、涙ぐんでいたのか。孤児として育ち、任務のために生殖機能を切除したクニオには、単なるスピーチではないのかもしれない。

「でも……土方さんと一緒に仕事をしてみて……別れたほうがいい家族もいるんだなって……」

「おい」

収平はやや乱暴に言った。

「お前……俺を巻き込んどいて、今さら罪悪感を持ち出すなよ」

「……そうですよね、ごめんなさい」

「なんとかするって言っただろう？」

調査結果がどうであろうと、福田夫妻に関しては「やり直しを勧める」と収平は決めていた。

「大勢の命を救うため」と言われてもピンとこない。スーパーヒーローが地球を救う様子を巨大スクリーンで眺めるようなものだ。血湧《ちわ》き肉躍《にくおど》り、自分も強くなった気になるが、劇場を出るまでだ。だが、今回は違う。ピンとこなくてもスーパーヒーローになるのだ。

「結果がどうあれ、あのふたりにはやり直してもらう。場合によっちゃ、この結果を奥さんに見せる前に、旦那を捕まえて直談判《じかだんぱん》する——今すぐ浮気をやめろって」

「え？」

「五百年後に残ってるかどうか知らんが、嘘も方便《ほうべん》って言葉があるんだよ」「意味はわかります。でも——」

「単純で何が悪い。俺も単純だ。正直、俺は人類の未来とかどうでもいい。三百年後とか五百年後なんて言われても、壮大すぎて、遠すぎて想像つかん。でも、誰かのため……なら、理解しやすい。単純だからな」

クニオはハッとした。

「え……僕のため——？」

「いや、だからつまり……俺みたいにちっぽけな男には、そのぐらいのスケールがちょうどいいってことだ」

照れくささに耐え切れない。収平はビデオカメラを置き、ボトルホルダーから水を取ってごくごく……と飲んだ。

「うちは小さい会社だし、調査員は家族同然って所長がよく言ってるし……だから、まあ……お前も家族みたいなもんだ。血のつながった家族とはダメでも、そうじゃない家族とは上手くいく……そういう人間も世の中には多いんだよ」

「土方さん……」

クニオの声が震えるのがわかった。

「ぼ、僕……」

「ああ、やめろ。まだ仕事は終わってないんだ。あいつらがホテルから出るところを写真に撮るまで、ここにふたりっきりでいるんだからな。湿《しめ》っぽいのは困る」

収平は空になったペットボトルを手に「これ、捨ててくる」とドアを開けた。

「ついでにコンビニでトイレ借りて、新しいのを買ってくるから……鼻水、かんでおけ」

「はい」

夜の街を、道行く人たちは忙しない。

そのまま視線を上へ移せば、ホテルの窓に灯る明かりが闇の中、きらきらと輝いている。さらに上には、星の見えない空が広がっている。

自分の生き様、人生なんて、空から見ればちっぽけなものだ。存在すら見極めるのは難しい。すべてはお前のため——そう思えば、ちっぽけな俺にもなんとかやり遂げられる。

「ただいま」

トイレを済ませ、新しい水を持って車内へ戻ると、クニオはしゃきっとしていた。だが、目と鼻は赤かった。

「変化、なしです」

「そうか」

家族――それでいい、と収平は思った。


約二時間後、動きがあった。和彦と部下の女性がホテルの正面玄関から出てきたではないか。談笑しながら、車寄せでタクシーに乗り込もうとしている。

「おい……出てきたぞ。代われ！」

双眼鏡《そうがんきょう》でふたりを確認した収平は、慌ててクニオに言った。

朝まで出てこないと思っていたので、予想外の展開だ。タクシーを尾けるなら、都内の道に慣れた自分が運転するほうがいい。和彦の行きつけの店、マンション、女性が暮らすアパートの場所はわかっている。

ところがクニオは「大丈夫です！」とすばやくエンジンをかけた。

「タクシーを確認してください」

収平は驚いたが、クニオが言うとおり、双眼鏡でふたりの姿を追う。ワゴン車はその場を離れ、ホテルに近づく。

「……あれだ、あのK無線のタクシー」

首尾よく、ふたりを乗せたタクシーのすぐ後ろに付いた。道路は混雑することもなく、スムーズに流れている。

「ラブホテルでなくても、数時間だけ……なんて使えるんですか？」

運転しながらクニオが聞いた。収平はタクシーから目を離さず、うなずく。

「ビジネスホテルなら、ラブホみたいに数時間の休憩で使わせるところも増えてきた。観光客向けとか、落ち着いて仕事や勉強をしたい客向けにな」

「へえ……」

だが、今夜ふたりが入っていったのは歴史も知名度もあるシティホテルだ。そんなサービスを提供しているとは思えない。しかもたったの二時間では、部屋ではなく、レストランなどを使ったと考えるのが妥当《だとう》だ。もしかしたら食事だけして、これからホテル、もしくは女性の部屋へ向かうのかもしれない。

タクシーはビジネス街、繁華街《はんかがい》を離れ、どちらかといえば住宅の多いエリアへと進んでいく。

「女の部屋へ行くのか？　いや、方向が違うな……」

やがてタクシーは、幹線道路を逸れた場所で停まった。クニオは収平の指示に従い、少し先でワゴン車を停める。

　ふたりは道路沿いのマンションの一階にある小さなイタリアンレストランへ入っていった。収平は車をクニオに任せ、ビデオを手にすぐに店へ向かう。

　店内には明かりが灯っているが、フロストガラスを使用しており、中がよく見えない。収平はビデオカメラを車に置き、入店すべきか考えた。ところが、外に出ている看板によれば、すでにラストオーダーの時刻は過ぎている。

　スマートホンが鳴った。クニオからだ。そばに駐車場はあるが空きがなく、周辺を走っているようだ。

『そちらはどうですか？』

「うん……妙だな」

『妙？』

「営業がもうすぐ終わりなんだ」

『え、でも……入っていきましたよ？』

「だよな」

『はい、ちゃんと見ました』

　通話を切り、収平はマンションの周囲を歩いてみた。裏側にエントランスがあり、奥はオートロックになっていたが、郵便受けがあるエリアまでは自由に入ることができた。

収平は郵便受けを端から順に見ていく。番号だけで表札を出していない部屋もあったが、一階のレストランは店名を出していた。そして二階の住人の中に、見覚えのある名字《みょうじ》を見つけた。和彦の部下の女性と同じだ。かなり珍しい名字なので、偶然とは思えない。

またクニオから電話がかかってきた。駐車場に空きが出たという。収平はマンションを離れ、そこへ向かった。かろうじてレストランを見張れる位置だった。

「同じ名字？　じゃ、実家とか……？」

車内で収平の話を聞いたクニオの顔に焦りが浮かんだ。

「その可能性が高いな」

営業時間を過ぎた店、それも不倫相手の実家……となると、浮気ではないのかもしれない。

ほどなく、数人の客が出てきた。中年の女性が彼らを丁寧に見送り、看板などを片づけ、ドアに「CLOSED」という札を出す。しかし、和彦と女性だけは店から出てこなかった。

インターネットでレストランについて検索してみると、グルメ検索サイトに引っかかった。シェフのプロフィールによれば、女性と名字が同じだ。写真の年齢から想像するに父親かもしれない。口コミはわずかだった。地元密着型の店か。

やきもき……というより、重苦しい気分で待つこと二時間。ようやく和彦と女性が姿を現した――が、店のドアからではなく、裏の勝手口から出て道路側に回ってきたらしい。

その様子も収平はビデオに収める。ホテルを後にしたときと同様、楽し気な姿だった。

ふたりはその場で会話を交わし、別々のタクシーに乗った。収平とクニオは迷わず、和彦のタクシーを追う。タクシーが向かった先は、智里の待つマンションだった。

和彦が中へ入っていくところを見届け、修平とクニオは事務所に戻った。誰もいない深夜のオフィスで一緒に映像、経路、ボイスレコーダーの確認、保存をする。しかし、すべてが終わってもすぐに帰る気になれず、なんとなくイスに座り込んだ。

こんな気分は収平も初めてだった。もっとひどい現場を見たこともあるし、新人時代に尾行がバレて、殴り掛かられた経験もある。だが、今回ほど複雑な思いに駆られたことはない。それはクニオの落胆に同調しているからだ。

和彦側に離婚の意志がなく、裏切られた智里が彼を許せば、修復は可能かもしれない。しかし、和彦が智里との別離を前提に不倫をし、相手の家族にまで認められているなら、智里が離婚に応じなかったとしても夫婦仲の終焉《しゅうえん》は決定的だろう。

「クニオ……」

言葉もなく座り込んでいるクニオを見て、収平は思わず名前で呼んでいた。

「もっと……ずっと前に戻って、芽を摘むことはできないのか?」

それができるのなら、クニオはここに現れなかっただろう。

わかってるんだよ、と収平は思う。俺が思いつく程度のことは、計算し尽くされているはずだ。

小さな誤差、些細なボタンの掛け違いがやがて大きな亀裂となる――時代を越えた事件だけではなく、名もなき人と人の関係も同じだ。

それでも、人の心の動きは読み切れない。だから、クニオは俺に協力を求めた。

「政府の誰か……お前の上司に確認を取るとか……」

「それはできますけど……」

「今回は一回目の調査だ。少なくとももう一度、現場を押さえなきゃならない。ホテル内での行動とレストランのことを調べれば、解決の糸口が見つかるかもしれない」

収平の言葉にクニオは顔を上げ、微笑んだ。

「そうですね」

気を遣って収平に笑顔を見せているだけで、落胆ぶりは明らかだった。

予想外とはまさにこのことだ。浮気はいくつかのパターンに分類され、ほとんどの案件はそのパターンに則った調査で証拠固めができる。だがもちろん、予期せぬ展開、意外な結果にたどり着く例もある。

中原は収平にくり返した――先入観で動くな、毎回新鮮《しんせん》な気持ちで当たれ、違和感を放置するな。

「ひとつ……引っかかることがある」

収平は自分の勘……長年の経験が囁《ささや》く違和感を口にする。

「……何がですか？」

「あのふたりの顔だ」

これまで浮気調査は何百件とこなしてきたが、情を通じた後の男女の雰囲気は似通っていた。罪悪感から来るよそよそしさ、秘密の共犯関係にあるという艶《なま》めかしい空気、あるいは、周囲が見えていない恋人同士のようなあけっぴろげなバカバカしさ。

ところがあのふたりの間には、そのどれもなかった。

「そういえば……友達みたいだなと思いました。それだけ親密な関係なのかと……」

「いや、違う。そんなんじゃない」

クニオの印象を受け、収平はビデオの動画を観直す。確かに親しげではあったが、上司と部下のそれでもなかった。クニオの言葉どおり、気の置けない友人同士のようだ。

「もっと調べてみよう。時間に限りはあるが……」

「はい、何でもします。命令してください」

ようやく、クニオの瞳に光が戻った。

この笑顔には抗えない、と収平は思った。この笑顔のためなら、どんなことだってしてやりたくなる。

「ヒーローが活躍する映画は、せいぜい二時間でどうにかなるもんだ。で、ヒーローには心強い相棒か――」

言葉の途中で立ち上がったかと思うと、クニオは収平にしがみついた。

「……ありがとうございます……」

クニオの顔が胸元に当たる。しかし、クニオはすぐに、弾かれたように離れた。

「あっ、ごめんなさい！　つい……あの、変な意味じゃなくて、嬉しくて、感謝の気持ちで――」

収平はクニオの肩に触れ、すぐにその手を背中へと回す。

「そうだな……もっと感謝しろよ」

想いが行動に出る。

愛おしい――いつの間にか、それは収平の心と身体に広がっていた。ずっと一緒にいられない、時間がないという焦りも気持ちに拍車をかけている。

「収平さん……」

「ヒーローにはな、相棒か恋人がいるもんだ」

クニオの顔が再び、胸に触れる。Ｔシャツがかすかに湿る。

「……できれば……両方がいいです……」

おずおずと伸ばされたクニオの腕は、すぐにしっかりと収平の腰にしがみついた。

「……嫌われてるって思ってました」

「それは……俺じゃなくてクリームだな」

クニオがくすっと笑う。

「それも残念ですけど……」

ヒーロー映画なら危機を救って終われるかもしれないが、このラブロマンス映画にハッピーエンドは期待できない。だが、そう思った時点で恋に落ちているのが恋愛映画の常だ。二ヵ月後には別れ、二度と会えなくなるとわかっている。そんな相手を愛するなんて、愚か以外の何でもない。

だから？

俺はもともと、愚か者じゃないか。

「ヴァーチャルセックス、男相手にも試したことあるのか？」

クニオはまた笑った。

「……ひととおり……いろいろ……」

「若い男はそうでなくちゃな」

収平は抱擁《ほうよう》を緩め、クニオの顔を覗き込んだ。指で顎を持ち上げ、頬ではなく、唇にキスをした。震えが伝わってくる。本当に経験がないのか……一から教えてやったら、どんな反応をするんだ——。

腕に力を込めたとき、カタカタと機械音が響いた。ファックスだ。驚いたクニオが収平から離れる。

「……誰だ、こんな時間に……」

気まずくなり、収平は舌打ちした。

「今日は……帰ったほうがいいですね。大変だったし……」

この程度は大変のうちに入らない。だが、感情に任せて突き進む前に片づけることがある。

「そうだな」

収平がうなずくと、クニオは少し残念そうな顔をしながら帰り支度を始めた。

◆◆◆◆◆

任務先の時代の人間を好きになっちゃいけないわけじゃない。感情までは阻止できないからだ。関係を持つことを禁止されているだけ。

……ううん、違う。別れが決まっているから、困るだけ。辛くなるのがわかっているから。

どうせ記憶を消して、元の時代に戻るから、好き勝手にやる——そんなコレクターは滅多にいない。バレてしまうし、罰則がある。約束した報奨《ほうしゅう》は没収《ぼっしゅう》か、減額される。それ以前に、そういう因子《いんし》を持った人間は、検査で弾かれる。

でも、稀に、すべてを捨てるコレクターもいる。捨てるだけの「何か」に気づいてしまい、それを選んでしまうコレクターが。

もちろん、そのための安全装置も備わっている。残酷な安全装置が。

僕は、どこで間違えたんだろう。

一度目、二度目で犯《おか》した失敗ではなく、互いが恋に落ちるというミスをどこで犯したのか。

7

「お帰り！」

「ただいま！」

休日の夜、収平がビールのグラスを鳴らした相手は佐々木盛親《ささきもりちか》。銀行員時代の同期だ。転勤で三年ほど博多に赴任《ふにん》していたのだが、都内の支店へ戻ってきた。現地で知りあった嫁、その嫁の中で育ちつつある息子も一緒だ。

「お疲れさん」

収平の言葉に佐々木はうなずく。

「慣れた頃に異動……ま、いつものことだ」

「お、大人の発言」

銀行員、特にメガバンクと呼ばれる大手銀行勤務は支店や部署の異動が多い。収平は大学卒業後に入行し、三年の間に二度、辞令を受けて異動した。

仕事は嫌いではなかったが、それ以上に、銀行を訪れる客の生き様観察に惹かれ、それを仕事にできないかと思い、退職。自分らしい生き方を模索する中で中原に出会い、中原リサーチに身を寄せた。エリートの道を捨てることを母親は嘆《なげ》いたが、今から思えば、母への反発もあったのかもしれない。だが、結果的に正解だった。

残った佐々木は順調に出世《しゅっせ》コースを進んだ。そしてかつて足しげく通った居酒屋で、今夜、久しぶりの再会を果たしたというわけだった。

博多の話、家族の話、仕事の話、関わった人々のその後……近況報告だけで時間はあっという間に過ぎていく。

「そんなに多いのか、不倫って……」

生ビールの喉越しをしばらく楽しみ、再会の勢いで頼んだ焼酎《しょうちゅう》のボトルが半分ほどになった頃、佐々木は収平の話に眉をひそめた。

「ネットでちょっと調べりゃ、たった一回の出来心で家族も金も失うって、体験談が山ほど出てくるのになあ……バカなんじゃないの？」

もっともな佐々木の意見に、収平は冷奴《ひややっこ》を食べながらうなずく。

「自分だけはバレない、本気じゃなければ許してもらえる……そう思ってるんだよ。パートナーを甘く見てるんだ」

「もとは他人なのになあ……家族になったからって、血がつながるわけじゃないのに……」

「お前が気づいてないだけで、銀行内も結構多いぞ」

「マジで？　うわー……」

佐々木は大きな目をさらに大きく開いた。

「やだやだ……俺は嫁一筋でいいや。そのほうが楽だしな」

佐々木と妻の出会いは共通の友人の紹介……披露宴《ひろうえん》ではそう説明されていたが、実際に出会ったのは博多のバーだ。常連客仲間から始まり、個人的に親しくなったという。きっかけはSF映画だと聞いた。

「そういえば……相変わらず嫁さんとSF観てんのか？」

「観てる観てる。まだこっちの知りあいが少なくて時間を持て余してるから、いい機会だってんで、古典をちまちま観直してるよ。『メトロポリス』とか『地球の制止する日』とか……『エイリアン』なんかは新しいほうだな」

収平は口に含んだ焼酎を噴き出しそうになった。

「……あれって、体内にエイリアンを産み付けられる話だろう？　胎教《たいきょう》に悪いんじゃないのか？」

「別に。ベイビーエイリアン、可愛い～って言ってるよ」

「……変な嫁……」

「そこがいいんだよ。生まれ変わっても、俺は嫁を愛するね」

自信たっぷりな佐々木の言葉に、収平はふと、クニオのことを思い出した。

「タイムトラベルもので、おススメ映画ってあるか?」

「お、なんだ、急に」

収平はクニオが自分にした話がどこまでリアルなのか、自分が体験している非現実的な現実をどう思うか、佐々木に聞いてみたくなった。

たかが創作、されど創作。子どもの頃にSF映画や小説、漫画の薫陶《くんとう》を受け、長じてNASAで技術開発に従事するようになった、ロボットを作った、宇宙飛行士を目指した——などという話もよく聞く。つまり創作や空想は、間違いなく未来を形作る一端《いったん》になっている。そしてSFファンのほうが、それをよく理解しているものだ。

だが、クニオの話をそのまま伝えても信じてもらえるはずがない。そこで「つきあい始めた恋人が、趣味でSF小説を書いている」という体にしてみた。

「……ああ、よくあるタイムトラベル物だな」

佐々木の感想に収平は少しムッとする。

「悪かったな、ありきたりで」

「怒るなよ。俺は大好きだ。変にいじくったストーリーや設定はあまり面白くない。辻褄《つじつま》合《あ》わせのための話になりがちだからな」

「なるほど」

「ＳＦファンじゃなくてもわかりやすいし、みんな大好きじゃないか。『バック・トゥ・ザ・フューチャー』とかさ」

「ああ、あれもそうか」

ＳＦ映画という認識がなかった。つまり、それだけ身近な題材ということか。

「テーマがシンプルな分、アレンジ次第でいくらでも話が作れるのが、タイムトラベル物のいいところだ。一種のカルチャーショック物でもある。でも、お前の話の流れでいくと……主人公は記憶を消されるな」

収平はドキッとした。佐々木に話した「主人公」は自分だ。

「え……そうなのか」

「だって縦軸がタイムトラベル、横軸が恋愛だろう？　時空を超えた恋愛は、悲恋《ひれん》に終わらなきゃ……その設定にする意味がない」

「でも……旅に出るとか、実家へ帰るとか、行方不明になるとか……それで済むんじゃないのか？　記憶なんか消さなくても――」

佐々木は大げさに首を左右に振った。

「いやいや、必要だよ。その『コレクター』はタイムトラベルによる歪みを修正してるんだろう？　歪みに繋がる痕跡は、できるだけ消したいはずだ」

収平は言葉を失う。確かにそのとおりだ。

「実際、主人公は配電盤の記憶を一瞬、消されてるじゃないか。しかも、気づくようにわざとやった……そういう技術は持ってるわけだ。だったら——あっ！」

得意げに滔々《とうとう》と語る佐々木の前で、収平は焼酎のグラスを倒してしまった。わざとではない。

「あ、すまん！」

慌ててグラスを立て、おしぼりでこぼれた酒を拭く。佐々木が店員を呼んだ。

店員がテーブルを片づけてくれている間、収平はトイレへ行った。大したミスではないのにひどく動揺していた。そして、動揺する自分にさらに動揺したからだ。

佐々木の妄想は、ＳＦファンらしい妄想に違いない。きっとファンなら誰もが思いつく「お約束」なのだ。

最初の尾行で指摘した予測は当たっていたし、博士のスピーチはどれほど捜してもインターネット上では見つけられなかった。人が大好きなクリームはクニオをずっと避けている。何より、実際にコリドーを見せてもらった。そして、あの涙……。

だが、佐々木の指摘は無視できない。収平の胸に不安が広がる。

クニオは自分の記憶を操作した。コリドー出現が事実ならば、記憶操作も事実と考えていい。

クニオは俺の記憶を消せる。そんなクニオが俺に「嘘偽りなくすべてを語った」と言い切れるのか？　身体に影響が出るから……歪みが生じるから……ひとつ疑い始めると、すべてが疑わしく思えてくる。嘘ではないとしても、何か隠しているんじゃないか？

「……お前、大丈夫か？　顔色悪いけど……もしかして、吐いた？」

トイレから戻ると、佐々木が心配そうに尋ねた。

「大丈夫だ。悪いな、変な感じにして……」

「いや、俺は気にしないけど……」

何かを察したのか、佐々木は「嫁の体調が気になる」と言い出した。ふたりで残っていた料理を食べ、お開きにした。

佐々木と別れた収平は、頭を冷やすために夜道を歩いた。しかし、そのまま家に帰る気になれず、クニオが住んでいるアパートへ向かった。あのキスの後、住所を教えてもらったのだ。

アパートの前で、クニオのスマートホンに電話をかける。近所まで来ていると告げると、すぐに迎えにいくと答えてくれた。声が弾んでいた。しかし、収平は複雑な気分だった。

「……収平さん！」

決して新しくはない、こじんまりとしたアパートからクニオが出てきた。

「ああ、悪いな、休みなのに……」

「いえ、嬉しいです。お酒ですか？」

暗い道端で立ったまま話をする。クニオはいつもの笑顔だった。

「昔の同僚と久しぶりに飲んだんだ」

「ああ、銀行の……転勤から戻ってこられた方ですね」

そうだと答えそうになり、収平は止まった。

「俺……銀行員だったってこと、前に話したか？」

クニオはきょとんとした。

「ええ」

「そうか……」

「昔の同僚」と聞いたら、普通は「今の事務所にいた人間」と考えるのではないだろうか。

そもそも、俺は本当に銀行の話をしたのか？　佐々木の話をしたのか？

「……大丈夫ですか？　気分が悪そうですけど……」

心配そうにクニオが尋ねる。

「……調子に乗って、飲み過ぎたかな」

「あの、中で休みますか？」

「いいのか？」

「もちろん。殺風景ですけど……」

クニオのあとについて、アパートの階段を上る。騙しているようで気が引ける。だが、クニオだって俺を騙した。いや、それは嘘も方便だ。大義のためにそうせざるを得なかったのだ……酒のせいか、様々な「いや」「だが」が脳裏を巡《めぐ》る。

「どうぞ」

案内されたのは廊下の一番奥の角部屋だった。間取りは１ＤＫ。家具や物は少ないが、「殺風景」というほど侘しい感じはしない。むしろきちんと整理整頓されていて、収平が知る「男の部屋」の中でもかなりきれいだ。突然、訪問したにもかかわらず台所やテーブルの上は片付いていて、掃除も行き届いている。

宇宙船の内部のようなメカニカルな部屋を想像していたわけではないが、あまりに普通で、収平は拍子抜けした。

「この時代にないものは置いてませんよ」

部屋を見渡した収平に、クニオは苦笑しながら声をかける。

「いや、そんなつもりは……ちょっとあった」

まったくない、というほうが不自然だ。

「置き忘れたりすると問題なので、持たされないんです」

「あのスマホぐらいか」

キッチンテーブルのイスを勧められ、収平は腰を下ろした。冷蔵庫、炊飯器《すいはんき》、電子レンジ……ありきたりな家電しかない。台所の窓辺の小さな鉢植えの脇には、何かのおまけに付いている猫のマスコット人形が置いてあった。ささやかな彩りがクニオの雰囲気に似合っていて、愛おしくなる。

「ええ、まあ……コーヒーでいいですか？　それともお茶にしますか？」

「お茶」

クニオは電気ケトルに半分ほど水を入れ、スイッチを押した。

「僕に会いたくなって来たわけじゃない……そうですよね？」

急須《きゅうす》に緑茶葉を用意し、湯が沸くのを待つ間、シンクにもたれてクニオは言った。

「いや、会いたくなったんだ。店を出て、ぶらぶら歩いてたら……」

「嬉しいです。でも……僕の『会いたい』とは意味が違う気がします」

ケトルが音を立て始めた。

「何か……言いたいことがあって来たんじゃないですか？」

「え？」

人の心は読めないとクニオは言う。超能力などないと。だが、確認する手段を持っている。

「あの夜のこと……なかったことにしたいとか？」

平静《へいせい》を装っているが、シンクの端を押さえている指が神経質に動いていた。湯が沸き上がる音が激しくなる。

時間を遡れば、違う選択ができる。

「いいですよ、別に……」

「慣れてるからか？」

クニオは驚かない。まるで、その質問をされるのが初めてではないかのように。

「なかったことにする……できるんじゃないのか？　時間を遡れば、違う選択ができる。

あるいは……記憶を消す——」

クニオは黙って、収平の言葉の続きを待っている。

「未来へ戻るとき、俺の中の……お前の記憶を消すのか？　いや、俺だけじゃダメだな。お前とかかわったすべての人間の記憶を消していくのか？」

パチンと音を立て、ケトルの電源が切れた。クニオは視線を落とした。

「なぜ、急にそんなことを？」

「さっき会った昔の同僚はＳＦファンなんだ。お前のことを作り話として言ってみた。小説や映画……人間の想像力のほうが現実を越えるなんて、よくあることだ。漫画家や映画監督が夢想した未来世界には、設定した年を越えてもまだ到達《とうたつ》できていない。だからＳＦではありがちな設定が、五百年後ならば必ずある、とは限らない」

言いたいのはそんなことじゃないだろう、収平。言いたいのは、お前がいなくなると考えるだけでも辛いのに、記憶を消されるなんて耐えられないってことだ。

会えなくなるなら、いっそ消されたほうがましだと言う人間もいるかもしれない。でも、俺は違う。

「俺は……福田夫婦の仲を修復する、という約束は守る」

収平は身体が触れあう位置まで近づき、クニオを見下ろした。

「その代わり、教えてくれ。俺には理解できないことも、信じられないと思うようなことも……話してくれ。俺の中のお前の記憶を消していくなら――」

「消しません！」

収平の胸へ叩きつけるような勢いで、クニオは言った。次の瞬間、身体からも声からも、力が一気に抜け落ちる。

「あなたの記憶は……消しません……」

収平はクニオの言葉に違和感を覚えた。

「クニオ……どういう意味だ？」

任務には期限がある、とクニオは言った。

失敗したらコリドーを使い、何度でも過去へ戻ってやり直せばいいと思ったが、頻繁《ひんぱん》な使用は歪みを生じやすくし、身体に悪影響を及ぼすという。時空を行き来することと同じぐらい、「未来人」が過去に長居することは危険なのだ。だから綿密な計画を立て、期限を切るのだろう。

なのに、クニオは収平の記憶を消さないという。そんなことが可能なのだろうか。

「クニオ」

収平はクニオの両肩を掴んだ。

「コリドーを使って出会う前の時空に戻れば、俺にお前の記憶はなくなる。そこで違う選択をすれば、異なる結果が得られる。だが、お前は任務の失敗をくり返し、ひとりでは無理だと気づいた……そう言ったな」

中原はクニオをいつ、どういう理由で雇ったか、よく覚えていなかった。中原だけではない。いつからクニオがいるのか、事務所の所員全員がはっきりと覚えていないのだ。もちろん、収平も。

「協力者が必要になり、俺を巻き込む道を選んだ」

「必要になったんじゃありません！　あなたが……」

クニオは収平の腕を振り払い、なじるように叫んだ。

「あなたが邪魔をした！　あなたは和彦さんの過ちを許さなかった！　だから、すべて話すしかなかった。その正義感を利用するしかないと……」

「利用……？」

荒い息で、クニオが収平を見上げる。

「未来を信じなくたっていいです。理解してもらおうなんて思ってない。巻き込んだ僕のことが憎ければ、憎んでください。あのふたりが別れて、子どもが産まれない未来を選択したら、その時点で僕の人生も消えるかもしれないんだから……でも、あなたにはどうでもいいことなんでしょう?」

収平はクニオの頬を思い切り叩いていた。クニオがよろめく。

「どうでもいい? 俺は……俺はお前を信じた。お前の話じゃなくて、お前って人間を信じたんだ!」

クニオはうつむき、じっとしていた。赤くなった頬に触れもせず、痛みに耐えているように見えた。その肩を再び掴み、収平は揺さぶる。

「でも、お前は俺の気持ちにつけ込んで、俺を手玉に取った……」

歪みを修正し、任務が終了したら、クニオは未来へ戻れる。一緒に尾行したこと、酒を飲んだこと、クリームの話、あの夜のキス……なかったことにするのは朝飯前なのだ。

「つけ込む? そんなことしてません!」

「ふざけるな! 何もかも、織り込み済みなんだろう? 徐々に近づいて……俺をその気にさせた。お前のために動くように仕向けたんだ」

「違う! 協力してほしいとは思ったけど、それ以外は……それ以外は……」

クニオがうつむく。光るものがぽたん、ぽたんと落ちる。

「記憶を消さないって言ってるじゃないですか……消しませんから……」

まるで握り潰されるかのように、収平の心臓は痛んだ。

「……説明になってない」

「僕はあなたの前からいなくなります。それで……許してください――」

「そんなことが聞きたいんじゃない！　俺は……」

遠い未来なんかどうでもいい。

すべては今、ここにいるお前、目の前にいるお前のためだった。

「消えるなら勝手にしろ。でも、俺の記憶は奪わせない。お前への……気持ちは消させない。憎しみと一緒に取っておく。お前はお前で、覚えておけばいい。愚かな男に出会ったことを」

「……そんな……そんな言い方しないで……」

クニオはその場にうずくまり、泣き崩れた。

収平は怒りと無力感に苛まれ、衝動的《しょうどうてき》にクニオの部屋を出た。アパートの階段を駆け下り、そのままの勢いで夜の街を走った。

「ごめんなさい」というか細い声が耳について離れない。

僕もあなたを愛しています。だから記憶は消さない。どこへも行かない。ここに残って、あなたと生きます――欲しかったのは、聞きたかったのは、そんな言葉だった。

◆◆◆◆◆

遠い遠い未来を守る責任は、収平さんにはない。義務もない。でも、協力してくれた。だから、応えたい。

安全装置に任せればいい。時間切れまでコリドーを使わなければ、勝手に作動する。そうすれば、収平さんの記憶を消さずに済む。僕への気持ちを消さずに済む。

そして――僕はこの時代に残る。

二度と会えなくなるけれど。

8

翌日、収平は和彦が利用したシティホテルのラウンジにいた。沙希もクニオもおらず、ひとりだ。一度目の尾行で抱いた違和感がどうしても拭えず、ホテルの中とイタリアンレストランを徹底的に調べたくなったのだ。

車だと駐車スペースを捜すなど、手間取る。そこで「今日は単独で動きたい」と沙希に申し入れた。沙希は収平の提案を飲み、事務所で別の案件の下調べをやっている。クニオは風邪をひいたとかで、休みだった。

調査対象の和彦にかなり接近するので、ビデオカメラはなし。ボイスレコーダーも使わず、写真と動画はスマートホンで撮影することにした。

ふたりが今夜もレストランへ行くかどうか不確実だったが、不倫相手の女性の実家が経営していることまでは掴んでいる。そこで、ラストオーダーの一時間半前に席を予約した。仮にふたりが来なくても、普通に食事をしながら、従業員やシェフに探りを入れればいい。

収平はホテル内レストランやバーを調べるため、早めに中へ入った。すると、そのホテルでは定期的にイベントやセミナーを開催していることがわかった。

例えば女性向けの投資、ワインセミナー、英国式テーブルセッティング、男性向け茶道……そして、ホテルのシェフから学ぶ本格イタリアン。会議やパーティ、披露宴などで利用されるのは知っているが、公開講座までは知らなかった。

最後のひとつ、イタリアン教室は二週間おきに開催され、今日がその日だった。二週間前といえば、和彦が訪れた日だ。開始時刻も部下の女性と入ってきた時間と一致する。

収平はこの料理教室に的を絞り、会場となる会議室があるフロアのソファで待った。手元に新聞とスマートホンを用意する。

開始の二十分ほど前から、参加者が続々と集まってきた。その中に、目当ての男女がいた。収平はスマートホンを見るふりをして、気づかれないようにふたりが会場へ入る姿を撮影した。

扉が完全に閉まり、教室が始まった。マイクを使ったシェフのレクチャーが、くぐもった声となって外に漏れてくる。

それを聞きながら、収平はソファに身を預け、大きく息をついた。ホテルの利用は密会目的ではなかったのだ。

いや、これをどう解釈《かいしゃく》するかは妻の智里次第だ。和彦がなぜこの教室に参加しているのか、まだわからない。性交渉《せいこうしょう》のために訪れたわけではないなら、妻に隠す理由がわからない。部下と再婚し、店を継ぐための準備――という線も捨て切れない。

ともあれ、ここで想像するだけで答えにたどり着くのは無理だ。収平は教室が終わるまで待たずにホテルを出て、イタリアンレストランへ向かった。ふたりが来るにしろ来ないにしろ、予約を入れてあるのだから。

徒歩と電車で店へ向かう道すがら、収平はクニオのことを考え続けていた。今日の単独行動はもちろん、それがベストだとの思いからの提案だが、クニオと距離を置きたかったのも本心だった。

しかし、クニオは病欠だった。本当に具合が悪いのか。あるいは、自分に会うのを避けて休んだのか。もしくはコリドーを通り、別の時空へ出かけているのか……。

「いらっしゃいませ」

件《くだん》の店のドアを開けると母親ぐらいの年恰好の女性と青年がにこやかに迎えてくれた。カウンターの中には年配の男性シェフと外国人男性のシェフがいる。彫《ほ》りの深い顔立ちで、店から推測《すいそく》するとイタリア人……と言いたいところだが、正確な人種はわからない。「〇人に見える」はあてにならないし、国籍《こくせき》と人種は必ずしも一致しないものだ。

「予約の土方ですが」

「お待ちしてました。どうぞ……」

「ご予約席」と書かれたプレートがある四人席へ案内される。予約客なので気を遣ってくれたのだろうが、シェフや店員と話すには不便《ふべん》だ。

幸か不幸か、店内に客はいない。どこでも選び放題だ。

「あの……カウンター席へ移ってもいいですか？」

意外な申し出だったのか、女性はびっくりしたらしい。

「そちらのお席のほうが、ゆっくりできると思いますが……」

「ええ、ありがとう。でも、シェフの仕事を見るのが好きなんです。話をしながら食べるのも好きだし……」

「失礼ですが、取材ですか？」

収平は女性の質問に首を横に振り、とびきりの笑顔を見せた。

「いえ、一般人です。写真も撮りませんし、批評をインターネットに上げたりもしません。カウンター席が好きなだけです」

「どうぞ、お好きな席へ」

カウンターの中からシェフが声をかけてくれた。

「ありがとう。わがままを言ってすみません」

女性は微笑む。

「とんでもないです！　どの席で召しあがっていただいても、味には自信がありますから」

接客の感じ、店の居心地はいい。

メニューは定番のイタリア料理の他、オリジナルもあったが、これといった強い個性を主張する店ではない。ただ、どの品も思わず唸るほど美味かった。トマトソースの味わい、パスタの弾力、ガーリックと塩加減のバランス、豊富な品ぞろえのチーズ——どれもこれも通い詰めたくなる味だ。

これでなぜ、グルメサイトで口コミが少ないのか。不思議だった。客がいないのはたまたまか。それとも、早い時間帯の客はもう帰ってしまったのか。

「この美味さなら、いつも予約でいっぱいじゃないんですか?」

収平の不躾な問いにも、女性は笑顔で答えた。

「近所のお客様が多くて、ありがたいことに毎晩とか、一日置きに来てくださるので……いちいち予約される方は少ないですね。今日は空いてますけど……こんな日もあります」

「なるほど」

収平は納得した。繁華街や観光地以外にある小さな店は、地元の人間に愛されていることが多い。地元客だけで経営が成り立つなら、広いエリアに向けて営業する必要はない。常連客らも評判を共有しているので、口コミでことさらアピールしないのだろう。大切に思う分、教えたくないという意識も働くのかもしれない。

「何度でも来たくなります」

食事を終え、ワインをちびちびやりながら収平は言った。お世辞ではない誉め言葉に、シェフはにこやかに微笑んだ。

「お口に合って何よりです」

「あまり教えたくない店のリストに入りますね。こちらとしては困るでしょうけど」

女性の説明では、平日の晩でもひっきりなしに客が訪れるのだが、今夜は収平が来る前に客の波が一気に引いたらしい。

「え、じゃあ、私が変なオーラでも発してるのかな……」

収平の冗談に全員が笑った。

「とんでもない！　客商売ですから、こんな晩もあります」

「よかった。時に、こちらはご家族で経営されているんですか？　雰囲気がいいので、そんな気が……」

シェフはうなずいた。

「妻と息子と……義理の息子です」と外国人シェフの肩をぽんと叩く。

「ああ、日本でも同性婚は認知されてきましたからね」

収平の言葉に一瞬、場が静まった。

「……いや、そういう意味じゃありません！」

慌てて息子が手を振り、否定した。濃い顔の義理の息子は大笑いしている。

「姉の婚約者なんです」

「ああ……！　これは失礼」

収平は義理の息子に謝ったが、本人は気にしていないのか、弟に投げキスを送った。

姉というのは和彦の部下だろうか。いや、娘がひとりとは限らない。

「なるほど。じゃ、ここはいずれ、息子さんに……？」

収平は慎重に探りを入れる。

「さあ、どうですか……娘と彼は日本で所帯《しょたい》を持ってくれるそうなので、ここはふたりに譲ってもいいかなと。あるいは息子に譲って、ふたりはよそに独自に店を持つのもいいし……」

「あなた、また勝手にそんな……」

夫人がシェフに釘を刺す。後継者がいるからこその嬉しい悩みのようだ。そこを突っ込もうかと思っていると、夫人が収平に尋ねた。

「失礼ですが、どなたかのご紹介ですか？」

収平は時計の時刻を確認する。和彦はまだここへは来ないはず……嘘をつくなら今だ。

「はい……福田さんです。ご存知ですか？」

「もちろんです！」

全員の顔がパッと明るくなった。

「これから来ますよ！」

「え、そうなんですか……」

話を引き出すべく、収平はワインをもう一杯、注文した。

「同じ会社ですか？」

「いえ、友人の友人……ぐらいの仲ですが……これから食事に？」

収平は聞いた。食事のラストオーダーの時間が近づいている。和彦が来るとしたら、そろそろのはずだ。

「いえいえ、厨房《ちゅうぼう》を貸してるんです」

シェフは軽く答えた。

「貸す？」

「ええ。実は娘は福田さんの下で働いてまして……よくしていただいてるんですよ」

「ああ、××商事ですね。それはすごい。お嬢さん、有能なんですね」

会社名を出し、娘を誉めたことで家族の口はさらに滑《なめ》らかになった。

「ここだけの話ですが」とシェフは念を押す。

「福田さん、リタイヤして、こういう店をやりたいそうなんです。もちろん先の話ですが……それで、ホテルでやってる料理教室の後、ここでその日のメニューのおさらいをしてるんですよ。娘も同じ教室に通ってるので、一緒にね」

「なるほど……」

収平はカウンターの下で拳を握り締める。

俺の違和感は正しかった。やはり、ふたりは行動を共にしていただけで、目的は浮気ではなかったらしい。

しかし、疑惑を払拭《ふっしょく》するのはまだ早い。婚約者がいるのに浮気、という例も意外に多いのだ。

「あ、もしかして、福田さんの奥さんともお知りあいですか？」

息子が収平に聞いた。収平はうなずく。

「ええ、もちろん」

「それなら……今の話をしちゃったのはまずいんじゃ……」と息子はシェフ夫妻を見る。

ふたりはハッとした。

「そうだな、奥さんには伝えていないようだし……」

「わかりました、聞かなかったことにします」

物わかりのいい顔で収平が言うと、一家は安堵の表情を浮かべた。ちょうどいい、これで俺の話も和彦には伝わらない。

顔を合わせないほうがいいだろうと伝え、収平は店を出た。離れた場所で待っていると、前回同様、ふたりはタクシーでやってきて、店へと吸い込まれていった。

収平はふうっと息を吐き、夜空を見上げる。

ここまで来たら、シェフの言葉の真偽《しんぎ》は和彦本人に直に会って問い質すしかない。智里の疑惑を伝え、修復を図るように促そう。智里への守秘義務《しゅひぎむ》には反するが、それ以外に未来を救う道はない。クニオとの約束を果たす手立てはない。

（あなたが邪魔をした！　あなたは過ちを許さなかった！）

収平はクニオの言葉を思い出し、想像する。

失敗に終わったケースでは、俺はきっと前回と今日の尾行の証拠だけを調査結果として智里に渡したのだろう。あのレストランに自ら乗り込んだりせず、ホテルの出入り写真だけで済ませていたに違いない。

失敗とは言い切れない。智里の情報を元に動いただけで、調査費用外の行動は勝手には取れないからだ――基本的には。普通は先に依頼人に違和感などを伝え、確認を取り、請求額が増えることを承知してもらえればやる。必要ないと言われれば、そこで終わる。それだけのことだ。

今回、レストランへ行ったのは、収平の個人的な行動であり、異例中の異例だ。

依頼人と調査対象の間に起こる確執、目に見えない気持ちのやりとりには関知しない。

和彦はきっと「浮気は誤解だ」と智里に伝え、言い訳をする。疑惑は晴れるかもしれないが、智里の心が修復を拒めば、結果は同じ――離婚になったかもしれない。

これまで気持ちを決めかねていた依頼人から意見を求められたとき、収平は必ず言っていた——別れて、やり直すべきですと。迷いはいつまでも残る。迷いを抱いた人間は、遅かれ早かれ、それを実行するのだ。いつかやるなら、今実行したほうがいい。それが収平のポリシーだったからだ。

その思いは変わらない。だが、関知しないというのなら、どんなアドバイスも避けるべきだったのではないか。個人的な先入観に基づいて、客観性に欠けていたのではないか。

何度やり直したところで同じ……そんな過去もあるが、変わることもある。同じ「やり直す」でも、内容は同じではない。「別れる」「別れない」……どちらも再スタートだ。どの時点までを過去にし、どこからを未来にするのか。それは本人たち次第なのかもしれない。

クニオは俺に助けを求めた。すべてを打ち明けた。そして俺は多分、他の過去では選ばなかった道を選ぼうとしている。俺もまた、変わろうとしている。「変わる」のではなく、「変えよう」としているのだ。

収平は大通りでタクシーを拾うべく、店を離れた。

三十分後、家のそばでタクシーを降りた収平は、玄関前の人影に気づいた。

「……クニオ……？」

クニオは疲れた顔で頭を下げた。

「お帰りなさい」

「いつから待ってたんだ？　調子は？」

「はい……大丈夫です。あの……」

「昨日は悪かった。酒のせいにはしない」

「悪いのは僕です！」

「いや、俺だ。手も出したしな……すまなかった」

「やめてください！　だって――」

「とりあえず、中へ入らないか？　話はその後だ」

「……はい」

玄関を開けると案の定、音を聞きつけて出てきたクリームが、クニオを見て逃げた。ところがいつもとは違った。廊下の奥で立ち止まり、こちらの様子を窺っているのだ。

「はは……」

収平はおかしくなり、笑った。次第に笑い声が大きくなる。なかなか止まらず、クニオは困ったように待っている。

「……いや、前と何も変わらないのになと思って……」

収平は、じっとしているクリームを見た。

クニオに近づこうとしなかったクリームは、過去のクリームだ。何かが変わったのだろうか。俺が変わったのか。

笑いが治まると収平は言った。

「あなたが邪魔をした、あなたは過ちを許さなかった……あの指摘は別々のものだったんだな。前半は、俺が福田夫妻がやり直す邪魔をした、という意味だ。後半は、俺の親への気持ちだ。浮気をした父を許せなかった。その父とすぐに離婚しなかった母を許せなかった。その過去へのこだわりが、調査の手を甘くさせた」

クニオは首を横に振った。

「いいえ、甘くなんかなかったです。ひどいことを言って、ごめんなさい。あなたはプロとしてすべきことをしました。僕は……僕の力が及ばなかっただけなのに、あなたのせいにしたんです……ごめんなさい」

「飯、食ったのか？　ひどい顔してるぞ」

「今日はあまり……」

「俺は食ったよ、あのイタリアンレストランで。美味かった。それと同じものは出せないが……」

収平は靴を脱ぎ、クニオにもそうしろと促した。そして居間へ通し、インスタントのスープを作ってやった。

「福田の旦那は浮気してなかった」

ちゃぶ台を挟んで言うと、クニオはハッとした。

「そこまで……調べたんですか？」

「ああ、今さっきな。お前、それを知ってたんだろう？」

「あの……」

申し訳なさそうにクニオはうなずく。

その事実を先に伝えなかったことを責めるつもりはない。たとえ言われても、自分が聞く耳を持ったとは思えないからだ。それが「邪魔をした」につながる。

「ただ僕は、それを直に確かめていません。僕が知っているのは、福田さんが奥さんに告白した内容だけです」

クニオが反復した過去――収平にとってはこれから起こったはずの事態――によれば、中原リサーチからは、和彦のホテルへの出入り、及び、女性の実家であるレストランへの出入りだけが智里に報告されたのだという。収平は「それ以上の詳細な調査を望むか」と智里に確認したが、智里は「ここまででいい」と答え、収平の仕事はそこで終了した。

智里から問い詰められた和彦は「浮気ではない」と説明し、部下の女性も家族も証言したらしい。智里はそれを信じた。だが、和彦が自分に「隠していた」点を問題にした。

「もっとも身近な家族であるはずの自分は何も知らず、協力者が大勢いた――彼女が許さなかったのは、そこなんです。信頼関係が損なわれたと」

スープに少し口をつけ、クニオは続ける。

「ですから、多分……調査結果がどうあれ、彼女の決心は変わらなかったと思います。収平さんのせいじゃないんです」

夫は妻に心配をかけまいとした。すべての準備が整ってから伝えればいい、と思っていたのだ。ところが妻は、ないがしろにされたと感じた。

男は結果を重視し、女は経緯《けいい》を重視するとよく聞く。信頼関係が損なわれたとするなら、その認識の差かもしれない。

「報告書が奥さんの手に渡る前に、旦那自身の口からすべてを打ち明けさせる――離婚を回避するには、それしかないな」

収平の意見に、クニオはうなずいた。

「ええ」

「お前は何度もそうさせようとしたんじゃないのか？　ところが、俺が悉《ことごと》く邪魔をした」

「さっきも言いましたけど、邪魔ではありません。収平さんは知らなかったんだし……上手くやれなかったのは僕の責任です」

そこで言葉を切り、クニオは肩を落とした。

「コリドーは……基本的に『行き帰り』のルートとして使われるものなんです。やり直しのためには頻繁に使えません。キリがなくなるし……」

「身体に影響が出るんだろう？　歪みも出やすくなる。そこは覚えた」

冗談っぽく言う収平に、クニオは小さく笑った。

「精神状態にも影響すると言われています。だから期限が切られているんです」

「失敗続きでおかしくなるのか」

「そういうコレクターもいますけど……どちらかというと、その時代に長居すると未来に戻りたくなくなるんだと思います。気持ちをコントロールする訓練もするんですけど……」

クニオはちゃぶ台の上に置いた両手の指を神経質に絡ませる。

「戻りたくないって……未来へ？」

今から五百年前といえば、日本は戦国時代だ。ドラマで侍《さむらい》を見て憧れはしても、収平はそこへ行きたいとは思わない。理解できない。

「感じ方は人それぞれじゃないですか？　生まれた国以外に安息の地を得る人もいるし、その場所で恋に落ちる人もいるじゃないですか」

「恋……」

「僕は……そうです」

クニオは顔を上げ、収平を見た。

「僕は収平さんをよく知ってます。あなたが知るより長く、一緒の時間を過ごしましたから……事務所で、ですけど」

そうか、と収平は思う。クニオは何度も俺に出会っているのだ。

「だから」とクニオは意を決したように語気を強めた。

「今回の件の協力を頼めるのはあなた以外にいない、と思ったのは嘘じゃありません。それだけじゃなくて——個人的に、そばにいたかったんです。知れば知るほど……好きになって……」

「俺はその度に、お前に言い寄ったのか？」

緊張を解いてやりたくて軽い口調で問う。クニオは笑った。

「いいえ、僕なんか目に入ってませんでした。中原所長の命令なら聞くとわかって、先に所長に気に入られることにしたんです。仕事をもっと覚えたい、土方さんに教えてほしい……そうお願いしました。いい方だから、受け入れてくれるとわかってました」

「賢いな」

同じ時間をくり返すのは、同じことを行うためではない。別の試みをし、別のルートへ状況を導くためだ。

「片想いでいいと思ってました。だって僕は任務のために来たわけで、それが最優先ですから。終わったら、戻らなきゃいけないし……事務所のみんなやあなたの中から、僕の記憶を消さなきゃいけないし……」

記憶を消す側と消される側。どちらが辛いのだろう。消された後は辛いも何もない。だが、そうなると知っていたら……辛さは同じなのではないか。

「恋をしてみたかったから、それだけで満足でした。でも、あなたが——応えてくれるなんて思わなくて……僕は……」

必死に笑顔を作るが、声が震えている。

恋をしてみたかった——こんなに一途でささやかな告白は聞いたことがない。まして、俺のような男に向けられる願いじゃない。

「戻るな……帰したくない」

収平は思わず手を伸ばし、クニオの指を握り締めた。クニオは首を横に振る。しかし、収平の手を振り払おうとはしなかった。

「俺は……お前に惚れた。気づいたら、そうなってた。このまま『はい、そうですか』と帰すわけにはいかない。福田夫妻の件だって、厳密にはまだ片が付いてないんだ」

脅しに聞こえるかもしれないが、どうでもよかった。

「収平さん、そんな……」

「お前を困らせたいわけじゃない。方法はないのかと聞いてるんだ。コントロールする訓練を受けるってことは、実際に戻らない奴がいるからだろう?」

そう、きっと、何らかの理由で、残ることを選んだコレクターがいたのだ。病気や事故や、不測の事態で期限内に戻れない者もいるはずだ。だから、コレクターに選ばれるのは孤児なのだ——いざというときに「使い捨て」られる。

だが、その場合も何らかの処置が施されるのではないか。そのまま異なる時空に放流されるとは思えない。

「話すつもりはなかったんですけど——記憶を消す……ということは、選べるんです」

考えた末、クニオは重い口を開いた。

「選べる? 何を?」

「出会った人たちの中から僕の記憶を消すか、僕の中の記憶を消すか……どちらか一方を」

その言葉とクニオの潤んだ瞳に、収平は衝撃を受けた。

「お前の記憶を?」

(ごめんなさい……消しません……消しませんから……)

あれはそういう意味だったのか。

「はい。そうすれば、ここに残れます。というよりも期限が過ぎて、一定の猶予期間にも戻らなければ、自動的に記憶が消されるんです。『リリース機能』——一種の安全装置です。

政府の公式発表では、そんな人間はいないってことになってますけど……あなたの推察どおりです。選ぶコレクターがいるんですよ、多くはないけど……」

涙がにじむ目でクニオは静かに微笑み、宙《ちゅう》を見据えた。

「きっと、彼らは誰かのためにリリースを選んだんだと思います」

しかし、収平は思い出す。あのとき、クニオはこうも言った。

（あなたの前から消えるから……許してください——）

あれは「未来へ戻る」という意味かと思っていたが、ここに残る代わりに自分の記憶を消すのなら、「消える」は矛盾する。

収平の表情から疑問を読み取ったのか、クニオはうなずいた。

「記憶が消されるだけでなく、どこか……遠くへ飛ばされるんです。周囲の人間は僕のことを覚えているから、同じ場所に留まるのはまずいんです。だから誰も知らないところで、新しい戸籍と人生を与えられます」

「ちょっと待て、それじゃ……どこへ行けば会えるんだ？」

「わかりません。捜してください」

クニオはもう泣いてはいなかった。動揺もしていない。

「な……何を言ってるんだ！　お前自身もどこへ行くのかわからないんだろう？　何かヒントはあるのか？　痕跡は辿れるのか？」

「日本のどこか、ということだけ確かですが、他は……」

「バカ野郎！　世界から見りゃ小さい島国《しまぐに》だが、人ひとり捜すのがどれほど大変だと思ってんだ！　インターネットが普及した今でも、消えた人間を捜すのは至難《しなん》の業《わざ》なんだぞ！　仕事柄、それはよくわかってる。いや、それより……戻れば、一生遊んで暮らせる金がもらえるんだろう？　生殖機能を切除してまで、お前はここへ来たのに、それを……」

俺のために、すべてを捨てるというのか。再会できるという確約などどこにもないのに。

「五百年後の未来では絶対に会えませんけど、僕がここに残れば、再会の可能性は十分にあります。収平さんならきっと見つけ出してくれますよ……中原リサーチのエースですからね」

クニオは平然と言ってのけた。それを髪の毛一本ほども疑わない……そんな想いが伝わってきた。

柔らかな外見と繊細《せんさい》な心を持ち、涙もろい。だが、芯《しん》は強い。それも訓練の賜物《たまもの》なのか——いや、違う。訓練されているなら、逸脱しない強さが重視されるはずだ。つまりこれは、クニオが持つ魂の強さなのだ。

「まったく……簡単に言ってくれるな」

「信じてますから」

どこに惹かれて恋をしたのか、収平ははっきりと意識していなかった。異常な状況に置かれると人はロマンスに巻き込まれやすいというが、そうではない。

今わかった。これだ。この強さだ。そして、その強さの中には優しさも悲しみも隠されている。

俺はそれを受け止められるか。クニオの決意と自分の想いを受け止める覚悟がないなら、

「俺の記憶を消して、未来へ戻れ」と言うべきだ。

「捜して……くれますよね？」

ふう、と収平は息を吐いた。

「できないって、言わせない気だな」

クニオは微笑んだ。

「俺は……確かに記憶力がいい。人捜しも上手い。ただ、エスパーじゃない。少しでもいいから情報がほしい」

運命の相手なら巡りあえる――そんな、ロマンティックな神頼みは信じない。必要なのは、具体的な手がかりと情報だ。

クニオは「道標《みちしるべ》になるものを考えて、残します」と言った。

「入れ墨とか？　そういうのはやめてくれよ」

すでに、身体にメスを入れているのだ。これ以上、傷までつけさせたくない。

「はい」

「まあ、見つけたとして」と収平は言った。他にどう言えただろう。あれはどうなのか、これはどうするのかと考え始めたらキリがない。それだけで足が重くなる。可能性だけを考えなければ。

「お前は俺を覚えてないんだろう？　いきなり男が訪ねてきて、お前の恋人だって告白するのか？」

「そこも、収平さんなら上手くやってくれますよ。それにきっと、僕は——思い出します、絶対に。思い出せなくても……あなたにまた恋をします」

夢見るようなまなざしでクニオは言った。

ロマンティックな神頼みなんて、俺は信じない。でも、お前が望むなら、叶えてやりたい。

「……そんなに簡単に記憶が戻るほど、五百年後の技術はポンコツなのか」

「僕みたいなポンコツが過去へ飛ばされるぐらいですからね」

ふふっとクニオが笑った。

「俺が五百年後の世界へ行くってのは？」

試しに聞いてみる。

「無理です！」

クニオは即座に叫んだ。

「僕らが過去に存在することはできても、過去の人間が未来の時空に存在するのは……無理なんです。すぐに見つかって、記憶を消され、元の世界へ送り戻されます」

「結局、同じってことか……せめて、お前の写真ぐらいは残してもいいいんだろう？　いたことになってるんだから」

「そうですね」

ふと気づくと、クリームが襖《ふすま》のそばからこちらを見ていた。だが、居間に入ろうとはしない。

「クニオ、来い」

収平はクニオをそばへ招き、スマートホンを掲げた。背後のクリームの姿が入るよう位置を調整し、写真を撮った。

「福田の旦那に会うとき、お前も同席できないか？」

「え……僕もですか？」

「アドバイスしてやれ。人生を共にしたいと願って、本気で惚れた相手に隠し事はするなって。後悔するぞって。お前が言うほうが説得力がある」

クニオは眉をしかめた。

「ひどいなあ……」

「ひどい？　だって、離婚への流れをさんざん見てきたんだろう？」

「ああ、そっちの意味ですか。僕へのあてこすりかと思いました」

「まあ、それもある」

「さんざんじゃありません。二回です」

収平はクニオの髪をくしゃくしゃ……とかき混ぜた。くすぐったそうに笑う肩を抱き寄せる。

「離婚を阻止して、大勢の命を救う……お前の任務だろう？　俺はお前の采配《さいはい》で事実を突き止めただけだ。勘違いするなよ、手柄を譲りたいわけじゃない」

カッコつけたいわけでもない。もしも、恋心が頭や身体のどこかに残るなら、任務をやり遂げたという自信も残るかもしれない——そう思ったのだ。

「ありがとうございます。そうしたいけど……」

「痕跡は残せない……か」

クニオは収平の胸にしがみつき、うなずいた。

「あなたならきっと、大丈夫」

「任せておけ」

「それで、上手くいったら……あの、僕を……抱いてくれますか？」

「今にしよう」

クニオの額に唇を押し当て、収平は言った。

「……ダメですよ……」

クニオは静かに泣き始める。

「だって……本当は怖い……幸せを知っちゃったら、余計に――」

「あのな、俺だって怖いんだよ！」

収平はクニオを押し倒し、胸の内をぶちまける。

「今、このままお前を帰したら、二度と会えなくなりそうで――お前が消えるまでに、お前の身体に俺を刻みたい……何度でも――」

ほんの少しでもいい、脳が、細胞が、俺を呼んでくれるように。俺を覚えていてくれるように。

「消えたりしません……大丈夫。約束しますから……」

収平はクニオの涙が治まるまで抱き締め、アパートまで送っていった。

◆◆◆◆◆

きっと、あなたは見つけてくれる。

そして僕は、そんなあなたを好きになる。何度でも、好きになる。
不思議だけど、それだけは絶対だってわかる。
だから、怖いけど、怖くない。

9

「プロポーズ？」

アパートの部屋で収平の言葉を聞き、クニオは驚きの表情を浮かべた。

数時間前、収平はホテルでの料理教室を終えて出てきた和彦を捕まえ、素性を伝えた。そして部下の女性を帰らせ、ラウンジで智里から依頼された内容を明かしたのだ。

和彦は卒倒しそうになって「浮気ではない」と収平に説明した。曰《いわ》く「自分は会社員に向いていない。料理も好きだ。退職し、シェフとして働きたい、いずれは店も持ちたいという夢が膨らんだ。しかし、妊活したいという妻に迷惑をかけるかもしれない、軽蔑されるかもしれないと思うと、言い出せなかった」。

そんな和彦に対し、収平はその場へ智里を呼び出すようアドバイスした。心情を吐露する相手は自分ではない。このままでは「不倫疑惑」ではなく、「隠し事」が原因でパートナーシップは損なわれるだろう。そういう夫婦を何百組も見てきた。

家へ戻るまでの間に迷い、不安になって、言い出すチャンスを失うというのはよくある。

冷静になるより衝動に任せたほうが、きっと想いは伝わる。調査の話はせずに、黙っているのが辛くなったと正直に伝え、許しと理解を求めろと。

自分は見えない場所からふたりを見守っている。口は出さない。

怖いだろうが、あなたはたったひとりで勇気と覚悟を持って、彼女と向きあうべきだ。それが「人を愛する」ということの責任だ。プロポーズしたときを思い出せ。これはいわば、二度目のプロポーズだ――。

「二度目のプロポーズ……いいフレーズですね」

クニオはダイニングテーブルの向こうで感心している。収平はクニオが出してくれた缶ビールを飲みながら、うなずいた。

「だろう？　当人もハッとしてたよ。俺にはプロポーズも結婚経験もないがな」

プロポーズをしたときは彼女への愛情、人生を共にしていく覚悟と決意から来る緊張で、倒れそうでした。何日も眠れませんでした。それに比べれば、今の気持ちを伝えるのは難しくありません――和彦はそう言い、智里を呼び出した。

声が聞こえない距離から、収平はふたりの様子を見ていた。硬い表情の智里の前で和彦はこれまで隠していたことを話し、頭を下げ、ついには泣き出した。

智里は初めて聞く話に時に怒りをぶつけ、時に戸惑《とまど》いを浮かべていたが、最後には和彦の手を取った。収平には、彼女の声が聞こえるようだった――「私に応援させて。そのための夫婦でしょう？」。

「調査費用は返すことにした」

収平は言った。

黙ってホテルを出た後、すぐに智里から連絡が来たのだ。話すなと釘を刺したのに、和彦はバカ正直に収平のことを伝えたらしい。

智里は涙声で「やり直します」と礼を言い、調査終了を告げた。もちろん、智里は費用を払うと言い張った。それを夫婦の戒《いまし》めにするとも。だが、収平は断った。そして、手付金も返すと伝えた。

「そこまでしなくても……所長に怒られませんか？」

心配そうにクニオは聞いた。

「俺の給料から引いてもらう——のは無理だろうから、その分、働くさ。払う代わりに旅行するなりなんなりして、夫婦の絆を取り戻すのに使ってくれって言っといた。そこで子どもができるかもしれないしな」

クニオの頬が桜色に染まった。

「……そういう言い方は……」

「そうか？　喧嘩《けんか》の後のセックスが盛り上がるってのは、万国共通《ばんこくきょうつう》なんだぞ。未来じゃ使わないのか？　バーチャルなんとかにそういうプレイはないのか？」

「知りません！　あるかもしれないけど、試したことはないです！」

「桜色」が「真っ赤」になる。

「まあ、それは冗談として、今のふたりには金はいくらあっても困らないだろう。退職、第二の人生、子ども……」

不思議だが、収平には妙な確信があった。物事にはタイミングがある。絆をしっかりと結び直したふたりの元へ、赤ん坊はやってくるだろう。

「雨降って地固まる――歪みは危機をもたらしたかもしれんが、悪いものばかりじゃないさ」

「僕……そういう収平さんが好きです。大好きです」

クニオの頬は「真っ赤」のままだったが、色の意味合いが変わった。

「でも、労働の対価は受け取るべきです。きちんと調査はしたんだし、その分の料金と結果は――」

「ダメ押しだ」

「ダメ押し？」

収平は受け取る代わりに、別の提案をした。

「俺が見張り役になると言ったんだ。金じゃなくて、あの証拠写真を保管する。もしもまた何かトラブルが起きたら、そのときは写真を子どもに見せるって」

「脅しじゃないですか」と文句を言いつつ、クニオは感激している。

「そのぐらいはいいだろう。やり直すのは、そんなに楽なことじゃないんだ。口で許すと言っても、心はそう簡単には割り切れない。調子が良いときは目を瞑れても、問題が起これば、人は昔の過ちを思い出す。見張って、叱《しか》り飛ばしてやる存在が必要だ」

そこまでやりたい、と収平は思う。見届けなければ、未来のために動く意味がない。お前を失う意味がない。

収平の意見を聞き、クニオは納得したようだ。

「きっと、人生ってそういうものなんでしょうね。僕は今とは違う時代から来て……時代が違うから、人の意識も考え方も、生き方も違うと思ってました。だけど、事務所に来るお客さんたちを見て……収平さんや、この街に暮らす人たちと知りあって、同じなんだと思いました。僕は科学が進歩した未来から来たけど、未熟です。だから、収平さんの言葉を信じます……いえ、素直に信じられます」

「人の成長度合いや成熟度は、年齢とは関係ないんだ。それも、どんな時代でも同じだと思う」

黙っているクニオを見て、収平はわざとらしくため息をついた。

「……あのな、お前を誉めてるんだぞ」

「え？」

「若いが、大した奴だって。変なところで抜けてるな、お前。しっかりしてるところは、俺よりずっとしっかりしてんのに……」

「わ、わかりにくいんですよ、収平さんの誉め方」

「じゃ、これはどうだ……智里さんもお前に感謝してたぞ」

「え……どうして？」

「この方法を提案したのはお前だって言っといた」

「な……ち、違います！　やり直してもらうのが任務だけど、何もかも収平さんが——」

「お前が黒幕なんだから、嘘じゃない。よろしく伝えてくれとさ。最初に会ったときのコントみたいなやり取りと合わせて、覚えておきますって言ってたぞ。よかったな」

「ほ……ほんとに？」

「コントも上手い」

「違います！　そこじゃなくて……もう……」

クニオはうつむき、手の甲でごしごしと顔を擦った。

「……そんな、そんな言い方されたら……ずるいです……もっと好きになるじゃないですか……」

「気が変わったか？」

収平は手を伸ばし、クニオの髪に触れた。

「このまま、俺のそばに……」

「それができるなら、とっくにその道を選んでます」

「じゃ、俺の記憶を消してくれ」

髪に触れていた手をクニオの肩に下ろし、強く掴んだ。

「事務所の人間と、お前に関わった人間の記憶を……お前の中の俺を失いたくない……」

クニオを苦しめるとわかっていても、頼まずにいられない。自分で自分が嫌になるまで吐き出さなければ、きっと後悔する。

「……収平さん、男らしいのに、往生際《おうじょうぎわ》が悪いですね」

クニオは濡れた目で微笑んだ。

「ダメですよ」

決心を翻《ひるがえ》さないとわかっていても、何度でも言いたくなる。想いを伝えたくなる。忘れないでくれと。心が千切れそうになる。だから、クニオの想いも痛いほどわかってしまう。愛した男にそんな思いをさせたくない……。

「それに……僕、感謝してるんです。だって、これは僕とあなたで成《な》し遂《と》げたことだから。何も作れない、何も生み出せない、ただ修正するだけ……僕はそれだけのために存在すると思ってました。でも……そうじゃないってことが残ります、未来と……収平さんの心の中に残るんです。未来を救う以外に、生まれてきた意味あったなって。生きててよかったなって……」

収平は立ち上がってクニオに近寄り、腕を引いて強引に立たせる。そして、抱き上げた。

「収平さ……！」

有無《うむ》を言わせず、ベッドへ運ぶとクニオを見下ろして言った。

「離さない。俺の前からいなくなる瞬間まで……」

クニオはためらいがちに、だが強く答えた。

「……はい」

すかさず収平はクニオの唇に自分のそれを重ね、シャツのボタンを次々外していく。

「あの……シャワー――」

「いい」

「でも……」

クニオは収平の手を止める。

「なんだ、もっと甘い言葉がほしいか？　それなら二回目まで待ってろ」

「に、二回目？」

「一回なら、童貞を卒業しただけにすぎん」

「経験はあるって言ってるじゃないですか！　実体験はないけど――」

「それを童貞っていうんだ」

「じゃ……童貞です……」

クニオは赤くなった。

「俺の言うとおりにしろ。シャワー？　そんなのどうでもいい。待てない。我慢できない」

裸の胸が露《あら》わになり、ズボンのベルトは外れかけ……とひどくしどけない格好だ。そうしたのは自分だが、そんな姿での告白に収平の欲望は一気に高まった。

「お前は十分、俺をその気にさせてる」

そう言い、収平はクニオを抱き締めた。

「収平さん……」

「愛してる」

クニオの身体がビクッと動いた。静かな震えが全身に伝播《でんぱ》していく。

「お前が誰だろうと、どこから来て……どこへ行こうとも愛してる」

「……嬉しい……」

収平の胸に顔を埋め、クニオはすすり泣いた。

「そんなの、誰にも言われたことない。きっと一生、ないって思ってた。こんなに嬉しいなんて――」

「愛してるぐらい、いくらでも言ってやる。でもな、言わずに伝える方法もあるんだ」

収平はクニオの顎を持ち上げ、唇を奪った。涙が重なった互いの唇の間に流れ込む。

「ふ……」

辛いのは俺じゃない、クニオだ。そのクニオはもう心を決めている。

俺にできるのは、時間が許す限りクニオを抱いて、愛すること。そして、クニオの望みを叶えると約束すること。

「まだしばらく、こっちにいるんだろう？」

「はい」

クニオを全裸にすると、収平は部屋の明かりを消した。自らも服を脱ぎ、肌を重ねて語りかける。

「時間が許す限り、あちこち行くぞ。デートだ。再会した後、思い出せるようにな」

「……デート……」

「恋人だからな」

「恋人……」

「そうだ」

耳元に、恍惚《こうこつ》としたクニオの吐息がかかった。

「怖いか？」

囁くように尋ねると、クニオは首を横に振った。

「早く……」

髪を撫で、収平はクニオのこめかみから顎へと唇を滑らせる。舌でそっとクニオの口を開かせ、唇を甘噛みした。

「ふ……」

声にならない声を発し、唾液があふれ出る。それを舐め取るように舌を絡め、収平は指で胸をまさぐった。クニオの肌は滑らかで、ひんやりとしている。

「……あ……っ」

指先が乳首に触れた瞬間、震えが走った。弄っているとすぐに硬く尖った。

「い……や……」

クニオが腰をくねらせ、甘ったるい息を吐く。それまでひんやりとしていた皮膚が熱を帯びるのがわかった。

「そ……こばっかり……」

「経験済みじゃないのか?」

クニオは首を横に振る。

「だって、それ……マニアの……」

「未来じゃそうなのか。こっちじゃ普通だ」

収平は乱暴に言い放ち、舌先で乳首を突いた。

「あ、あ……っ……」

　密着させた身体の下ではクニオの分身が勃起《ぼっき》し、自己主張していた。乳首を丁寧に舐めながら、収平は手を伸ばしてそれを握り締める。

「……ん……」

　触れた感じでは、皮はきれいに剥《む》けていた。指で挟むようにして括《くび》れを擦ってやるとビクンと脈打ち、熟《う》れた果実のように露《つゆ》があふれ出るのがわかった。

「オナニーも変態行為に入ってるんじゃないだろうな」

　冗談半分の発言だったのだが、クニオは答えない。

「……そうなのか？」

「だって……そんな必要……」

　確かに、すべてがバーチャルで経験できるなら、自分でする必要はない。

「でも、皮は剥けてるんだな」

「それは……手術で……」

「え？」

「男は十三歳を過ぎたら、みんなやります。病気のリスクを減らすために……市民の義務なんです」

　恥ずかしがる様子もなく、クニオは言った。

やはり羞恥の価値観が今とはずいぶん、違うようだ。収平はやや呆れたが、同時にひどく興奮する。価値観は異なっても、クニオが感じやすいことに変わりはない。

「我慢するな。俺が何をしても……好きに感じていいんだ。乱れていい。そういうお前を見たい……」

収平は再び乳首を舐め、指でクニオの分身を優しく扱《しご》き、擦る。取り立ててテクニックは必要ない愛撫だが、クニオの口からは絶え間なく喘ぎ声が漏れ、身体は震え続けている。

やがて収平は身体を下方にずらし、クニオの脚の間にうずくまった。濡れそぼり、反り返っている分身を口に含む。塩気のある露が次から次へとあふれ出た。

「ああ、あ……いや……いや……ッ——それ……ダメ……」

根元から扱き上げつつ、収平は聞く。

「好きか？」

クニオが素直にうなずくのがわかった。

「気持ちいいだろう？」

「はい。でも、収平さんの舌、全然違う……」

「どんなふうに？」

「……ざらざらして……温かくて……変になりそうです」

「出したければ、出していいんだぞ」

収平は再び、クニオの分身を口の中へ迎え入れた。クニオは膝を立て、収平の頭を挟み込む。

収平はそれを待っていた。舌と口腔の粘膜で分身を味わいながら、指を両脚の奥へと伸ばす。

「……ひ……」

孔がすぼまるのがわかった。そっと突き続けると閉じたり、開いたりをくり返す。露は量を増し、限界の近さを訴えてくる。

先に、一度出させてやろう――収平は先端に軽く歯を立ててみた。

「ああ……ッ！」

クニオが収平の肩を掴み、のけぞった。亀頭だけを口に含み、唇で括れを締めつける。同時に指で、根元から幹へとやや乱暴に扱き上げた。

「や、あ、あ……ッ――出る……っ――！」

濃い粘液《ねんえき》が一度、二度……と収平の舌を直撃した。先端を強く吸ってやると、クニオの腰が痙攣《けいれん》する。

「ダメ、出てる……ダメ……！」

可愛い声で鳴きながら、クニオは収平の髪を両手の指でまさぐる。ダメと言いながら、腰を前後に揺らさずにいられないらしい。

「は……」

やがて、クニオの身体から力が抜けた。徐々に薄くなってはいったが、精液は鈴口からあふれ続け、収平はそれを一滴《いってき》残らず飲み干した。

「……ごめんなさい……」

ぐったりと身を投げ出し、クニオがつぶやいた。

「飲みたかったんだ。俺は満足だ」

「……そんな……」

「本当だ。美味かったよ」

闇の中、クニオが半身を起こす。

「……僕も……」

「気にするな。それより、入れたい。お前の中に……出したい」

「……はい」

クニオは手を伸ばし、収平の肩にしがみついた。自分からぎこちなく唇を重ねる。そして、収平の股間のモノを握った。ごく自然な動作で指を絡ませ、いきり立っているそれを扱き始めた。

「……どう、ですか?」

「……ああ、上手いよ。気持ちがいい」

「……よかった」

童貞でも、こういうことには抵抗がないようだ。やはり、価値観はかなり違う。だが、いちいち気にしても仕方がない。その違いを愉《たの》しみ、愛しあえばいい。

「ん……」

収平はキスを重ねながら、クニオを押し倒した。脚を開かせ、奥の孔に舌を忍ばせる。

「……ふ……」

クニオが小さく息を吐いた。人指し指で襞を弄ると、ヒクヒク……と蠢《うごめ》きながら、孔が開いた。

収平は間を置かず、すぐに中指を埋め込んだ。マッサージをするように指を動かす。

「あ……」

「痛いか？」

「……大丈夫です」

強い締めつけを感じながら、じわじわと指を進める。

「……変な、感じ……」

「やめるか？」

クニオは首を左右に振った。

「やめ、ないで……」

腰が浮いている。経験や価値観ではなく、本能が求めているらしい。

「もっと……硬くて長いモノ、欲しくないか？」

クニオの身体が熱くなるのがわかった。

「……欲しい……です」

「初めてなのに？」

すすり泣くような声が収平の耳を打つ。

「だって……中が……」

「どうした？」

「痒《かゆ》くて……」

次の瞬間、予想外のことが起こった。クニオが乱暴に収平の指を引き抜いたのだ。驚く収平が体を起こすと、クニオがしがみついてきた。

「おい……ちょっと——！」

あぐらをかくように座った収平の下腹部へ、クニオはゆっくりと腰を落とし始めた。

「あ……」

先端が、クニオの孔に当たった。収平の欲望は反り返ったモノに比例し、一気に膨れ上がる。我慢できず、クニオの腰骨を掴んで強引に引き下ろした。

「……ッ……あ——！」

強烈な愉悦《ゆえつ》が収平を包み込んだ。

「……コンドーム……」

今さらと思いながら、収平の肩にもたれて震えているクニオに聞くでもなく、つぶやいてみる。

「大丈夫です。注射、打ってあるから……」

収平は予防接種の話を思い出した。そこには他者の体液も含まれるらしい。

「……クニオ……愛してる」

髪をかき上げ、唇をそっと吸う。

「ごめんなさい……」

キスの合間に、クニオが小さく言った。

「何が？」

「きっと、違うんですよね……収平さんが僕にしたかったことと……」

「違う？」

「僕からは何もしないで、収平さんに任せるほうが……初めてなのに、こんなの……嫌じゃないですか？」

控えめで殊勝《しゅしょう》な言葉とは裏腹に、クニオは淫《みだ》らに腰をくねらせる。

「構わない……俺は十分、愉しんでる。お前は？」

こくん、とクニオはうなずいた。

「やっぱり全然、違います……本当のセックス。息がかかる感じとか、皮膚が擦れる感じとか——ああ、収平さんの……動いてる……」

耐え切れなくなったのか、クニオが収平の背中に腕を回し、しがみついてきた。収平は下から上へと突き上げる。

「あ、あ……ああ……！」

クニオのそこは千切らんばかりに収平のモノを締めつけながら、蠕動《ぜんどう》した。クニオの悦《よろこ》びの露が鈴口から垂れ、根元へと流れてくる。そして振動に合わせ、濡れた音を立てる。

「クニオ……自分で擦ってみろ」

収平は言ってみた。自慰がマニアックな行為に入るのなら恥ずかしいはずだ。

案の定、クニオは嫌がった。

「そんな、こと……」

「いいから……」

収平はクニオの手を取り、密着する胴《どう》の間へと導く。

「……い、や……」

そう言いながら、クニオは自分の分身をおずおずと握った。

「あ……」

声のトーンが上がる。生まれて初めての愉悦なのだろう、クニオは背を反らした。収平はその手に自分の手を重ね、上下に動かしてやる。

「いや——あ、ああ、変になりそう……ッ……」

そう言いながら、クニオは腰の動きを止めようとしない。めちゃくちゃなその動きが、収平にもかつてない悦びをもたらす。

「……ああ……そこ……そこ……ッ！」

中のことなのか、分身のどこかなのか。はっきりしなかったが、絶頂《ぜっちょう》が近いことだけはわかった——お互いに。

「収平さん……っ——出して……」

収平はもう限界だった。痺れに似た感覚が身体の奥から腰へ、そして分身へと這い上がってくる。

「……クニオ……！」

一瞬早く、クニオの身体が感電したかのように激しく震えた。

「あっ、あ、あ……出る……また……ッ——！」

小刻みな痙攣に続き、絶頂の波が収平に襲い掛かった。身体の芯を強烈な快感が貫き、収平は吐精した。

「……う、う……！」

腿を叩くようにしながら、何度も、何度も、クニオの中に精を撒《ま》いた。クニオの泣き声が聞こえたが、止められなかった。

「……は……あ……」

激情が去っても、収平はクニオを乗せたまま、離さなかった。離せなかったのだ。

視線を下ろすと、収平の叢《くさむら》をクニオの白い体液が濡らしていた。

「……大丈夫か？」

クニオはぐったりと収平の肩にもたれたまま、動こうとしない。

「クニオ、どうした？」

「……恥ずかしい……」

収平は髪を撫でてやった。

「気にするな。初めてにしちゃ上出来——」

「そうじゃなくて……」とクニオは駄々をこねるように言った。

「もっと……欲しいんです……」

収平は一瞬、言葉を失う。だが、すぐに笑った。

「甘い言葉は二回目以降って言っただろう」

クニオが顔を上げる。頬が涙で濡れていた。

「可愛かった。こんなに興奮したことはない。お前は俺を変えた……心も、身体も……何もかも」

クニオははにかむようにうなずき、ようやく微笑んだ。

◆◆◆◆◆

「さよなら」は言わない。きっとまた会えるから。再会のためにさよならがあるんだって、そんな歌も聞いたけど、僕は言わない。

代わりに、あなたの寝顔にこう言う――。

待ってるから、きっと見つけて。

＊＊＊＊＊

クニオが消えたのは、それから一ヵ月後のことだ。

唯一の血縁《けつえん》である遠い親戚が病に倒れたので――という「一身上の都合」を持ち出し、引き継ぎもそこそこに退職した。仕方のないこととはいえ、事務所の所員たちはみな、せめて送別会ぐらいしたかったと悲しがった。クニオは「落ち着いたら連絡します」と言ったが、もちろん、連絡が来ることはなかった。

収平は消える日をクニオの口から聞いていたが、実際はそれより二日ほど早かった。間違えたのか、コレクターの関係機関が日を早めたのかと思ったが、アパートをきれいに引き払ったところを見ると、わざと違う日を教えたのだろう。

腹が立たないと言えば嘘になるが、クニオらしいと収平は思った。

クニオが消えた晩、収平はスマートホンの中に動画を見つけた。気づかれないように保存したらしい。

短いその動画の中で、クニオはコリドーを作り出す光を己の左手へ照射した。光は甲に赤黒い十字の痕を刻んだ。痛みはないのか、クニオは平然としていた。ただ、その甲を画面ぎりぎりまで近づけて見せた。

動画は、収平が何よりも愛したあの笑顔で終わっていた。

その日から、その痕を頼りに収平のクニオ捜しが始まった。仕事の合間にインターネットの海に泳ぎ出たり、全国の地方紙を取り寄せたりもした。ひとりでは手に余ると気づき、アルバイトを雇って情報収集にいそしんだ。

福田夫妻には、ときどき会った。和彦は退職し、部下の女性と婚約者が開いたイタリアンレストランで働き始めた。そして、智里はめでたく妊娠した。

心が折れそうになると、収平は膝の上にクリームを乗せ、クニオの笑顔を見つめた。

そして二年後——待ち望んだその日は訪れた。

エピローグ

「お邪魔します……」

玄関を開けると、待っていたクリームを見て久仁緒がハッとした。クリームも一瞬、反射的に左の前脚を上げた状態で、久仁緒を見つめる。

「わ……美人さん。こんばんは」

久仁緒の言葉に気を良くしたのか、あるいはあの画像で覚えたのか、クリームは脚を下ろし、その場に留まった。

「猫は好き？」

収平はクリームと久仁緒を交互に見つめ、聞いた。

「はい。どんな猫ちゃんも好きですけど、こういうクリーム色の子に惹かれます」

「……だとさ、クリーム。よかったな」

「え、クリーム？　それ、名前なんですか。可愛い……！　初めまして、クリームちゃん。よろしく」

クリームはじいっと久仁緒を見てから「ニャ」と短く鳴いた。

「あ、挨拶してくれた」と久仁緒は嬉しそうに笑った。

クニオは消えるまで、何度かクリームとの接触を試みていた。間合いは徐々に狭まっていったが、結局、クリームは最後まで触れさせなかった。

わかるのか？　覚えているのか？

収平はクリームにテレパシーを送るが、クリームは答えない。座った場所から近寄ろうともしない。ただただ、久仁緒を見つめるだけだ。しかし、クニオのときは鳴き声すら立てなかったので、クリームはクリームで何か感じるものがあるのだと思いたかった。

「これから、ゆっくり親しくなればいい。頻繁に来てくれたら、クリームも喜ぶ」

収平の声に、久仁緒は収平を見た。

「……何度も来ていいんですか？」

「ああ」

収平が久仁緒を見つけてから半年が過ぎた。

約束どおり、収平はクニオが行った場所、お気に入りだったというところへ連れていった。正確には「ふたりでデートをした場所」だ。

デートの際、収平はクニオだけの写真を何枚も撮影した。友人が撮ったという嘘の設定のそれらを久仁緒に見せ、休みの度に同じ地を巡った。最初は辛そうだった久仁緒だが、笑顔が増えていく様子に、収平もようやく心の平穏《へいおん》を取り戻した。

だが、ここから先へどう進めばいいのか。

愛情は変わらずにある。二年前より何倍、何十倍も愛おしい。だから余計に、収平は戸惑っていた。

「君が来てくれたら……クリームだけじゃなくて、俺も嬉しい」

「……あの……来たいです」

久仁緒の頬が赤く染まる。何度も見たその表情に我慢できなくなり、収平は久仁緒を抱き締めた。突然の収平の動きに驚いたのはクリームのほうだった。廊下の奥へと走り去り、居間に姿を隠した。

「……っ……」

久仁緒の身体が強張《こわば》る。

収平は我に返り、離れた。

「ああ……すまない！　申し訳なかった。俺は、その……」

「いえ……大丈夫です。あの……クニオさんと恋人同士だったんですか？」

個人的な知りあいではないことになっているので、収平は首を横に振った。

「いや」

「じゃ……好きだったんですね」

答えられずにいると、久仁緒は小さく笑った。

「なんか……そんな気がしてたんです。いろいろ一緒に行って……土方さん、優しいから……でもきっと、僕に向ける優しさじゃないんだろうなーって――」

「違う！」

収平は反射的に叫んでいた。

「それは違う……俺は……君を――」

捜していた。そして巡りあえた。

記憶のない、同じ人間。だが、異なる部分も多いと感じた。与えられた新しいＩＤのせいなのか、そこはわからない。

久仁緒になったクニオ。

久仁緒の中のクニオ。

「俺は……」

ひとつだけ、後悔していることがある。クニオに確認しておかなかったことだ。再会後、真実を伝えるべきかどうか。伝えてほしいかどうか。

「あのう……変なこと、言っていいですか？　僕……土方さんを待ってた気がするんです」

「え？」

「一卵性の双子って、離れていても何か感じるって言いますよね。生き別れても、同じ仕事に就いたり、好きなものが同じだったりとか。土方さんと回った場所で、何か感じるかなって思ったんですけど……すみません、せっかく連れていってもらってアレなんですけど、特にクニオさんとのシンパシーみたいなものは感じられなかったんです。ただ、僕は……すごく楽しかった。あなたと一緒にいられるのが楽しくて、嬉しくて……不謹慎《ふきんしん》かなって思ったけど……次も、また次も、って……」

収平は右手を伸ばし、久仁緒の頬にそっと触れた。

「俺も待っていた気がする——君に会えるのを」

急に久仁緒の瞳に涙が盛り上がったかと思うとあふれ、収平の指に伝った。

「あれ……？　なんだろ……別に泣きたいわけじゃないんですけど……涙が——変ですね、僕……」

久仁緒は心底不思議がっている。その証拠に、涙はあふれるものの、辛そうでも悲しそうでも、嬉しそうでもない。

「どうしたのかな、疲れてるのかな……すみません……」

収平が手を放すと、久仁緒は取り出したハンカチで涙を拭った。

「いや」

会話が途切れ、なんとなく玄関先でふたり、立ち尽くす。

ここから先は、未知数《みちすう》だ。

しかし、人はそれを未来と呼ぶ。

（捜している人間は、彼女の居場所を知る権利がある。そして、彼女にも知る権利がある。

捜している人間がいるということをな）

愛しているのならば、隠し事は禁物《きんもつ》だ。きっと、クニオは同意してくれるだろう。

「俺は……さっきのでわかったと思うが、君が好きだ。今、目の前にいる君が。だから、君さえ……迷惑でなければ――」

「迷惑なんかじゃないです！　全然……！」

久仁緒が叫ぶ。

と、居間から顔を覗かせたクリームが「にゃあああん」と大きく鳴いた。まるで「いつまでそこにいるの？」とでも言うかのように。

「……上がってくれ。中で話そう。話したいことがあるんだ。長くて……信じられないような話なんだが……」

「聞きます、どんなことも。あなたの話なら……聞きたいです。お邪魔します」

久仁緒はうなずき、靴を脱いだ。うつむく横顔は輝いて見えた。

「ボロ屋ですまない」

「そんな……いいお宅ですよ！　僕、好きです……」

■あとがき■

こんにちは、もしくは初めまして、鳩村衣杏《はとむらいあん》です。

この度は『記憶にない恋』を手に取っていただき、ありがとうございます。

タイムトラベル物はどうか――というアイデアをくださったのは、実は別の編集部の担当さんでした。「自分には難しいかも」と思いながらストーリーを考え始めたところ、「面白いかも」と気持ちが変化したのですが、上手く調整できず、プロットはお蔵入りに。そこでショコラ文庫さんに持ちかけ、書かせていただけることになりました。ありがたや。

さて、執筆のゴーサインが出た翌日、不思議なシンクロが起こりました。友人から、恋の悩みを打ち明けられたのです。諸事情あり、好意を寄せてくれる男性との仲を進めていいか、迷っている様子。でも、なんとなく「その縁は手放さないほうがいい」という気がして、ふと彼の名前を聞いてみると――「収平さん」。

仰天《ぎょうてん》とはこのことです。字も同じ？　昨日の今日だったので、私はびっくり！　もちろん、彼女もびっくり！　ただの偶然かもしれない。でも……彼女は勇気を出しました。

そして現在、ふたりは結婚に向けて準備中です。

お礼を少し。

挿絵の八千代《やちよ》ハルさん。とても美麗な絵を沢山描かれていらっしゃるのに、地味で、大した見せ場もない話ゆえ、申し訳なさでいっぱいでした。でも、ラフなどを拝見し、繊細なタッチに心から感動！　このクニオが……と思うと、涙が出ました。収平のワイルドな魅力もステキです。切ない恋を盛り上げてくださって、ありがとうございました。

新担当のSさん。細かい部分にまで丁寧に目を行き届かせてくださり、感謝しております。これからもよろしくお願いいたします。

そして誰よりも、読者の皆さん。いつも応援ありがとうございます。「記憶を失う恋物語」を書くのはこれで二度目ですが、一枚のカードの裏表のように楽しんでいただけたら嬉しいです。

ご意見・ご感想などありましたら、ショコラ編集部さんまでお寄せください。メール、ツイッターでも歓迎です！　よろしくお願いいたします。

二〇一七年　九月

鳩村衣杏

初出
「記憶にない恋」書き下ろし

この本を読んでのご意見、ご感想をお寄せ下さい。
作者への手紙もお待ちしております。

あて先
〒171-0014 東京都豊島区池袋2−41−6 第一シャンボールビル 7階
(株)心交社　ショコラ編集部

記憶にない恋

2017年10月20日　第1刷

著　者:鳩村衣杏
発行者:林 高弘
発行所:株式会社　心交社
〒171-0014 東京都豊島区池袋2−41−6
第一シャンボールビル 7階
(編集)03-3980-6337 (営業)03-3959-6169
http://www.chocolat_novels.com/
印刷所:図書印刷 株式会社